# 数落时光

谭电波 著

百花洲文艺出版社

**图书在版编目（CIP）数据**

数落时光／谭电波著. -- 南昌：百花洲文艺出版
社，2022.2
ISBN 978-7-5500-4601-6

Ⅰ.①数… Ⅱ.①谭… Ⅲ.①诗集-中国-当代
Ⅳ.①I227

中国版本图书馆 CIP 数据核字（2022）第 002768 号

**数落时光**　　谭电波　著
Shuluo Shiguang

责任编辑　杨　旭
特约编辑　张立云
装帧设计　潇湘悦读
出　版　者　百花洲文艺出版社
社　　址　南昌市红谷滩新区世贸路 898 号博能中心一期 A 座 20 楼
电　　话　0791-86895108（发行热线）0791-86894717（编辑热线）
邮　　编　330038
经　　销　全国新华书店
印　　刷　长沙市精宏印务有限公司
开　　本　889 毫米×1194 毫米　1/16
印　　张　18.5
版　　次　2022 年 2 月第 1 版第 1 次印刷
字　　数　250 千字
书　　号　ISBN 978-7-5500-4601-6
定　　价　89.00 元

赣版权登字　05-2022-13

网　　址　http://www.bhzwy.com
图书若有印装错误，影响阅读，可向承印厂联系调换

## 序言
# 在这个坚硬的世界里
# 修得一颗柔韧的心

◎梁尔源

　　像一位隐者，谭电波蛰伏在诗歌这片土地上默默地耕耘着，乐此不疲。

　　《数落时光》一书所收录的诗歌整体上沧桑饱满，并且充满了激情和哲理，有一种浑雄向上和直达人心的力量。谭电波用心血营造着充满生命意识的诗意世界，让自己的人生显出别一番旖旎的景象。他用素淡不艳、清新韵致的语言表达着对世界的爱、生命的思考和价值的探求；他那娓娓道来的极具个性的独白，跃然纸上，向人们传递着爱与真诚，让人从中感受诗的温度。这样的作品，无不为读到它的人所喜爱。

　　中国是一个诗歌的国度，诗歌从来没有离我们远去。谭电波用诗歌来成就自己，并且用诗歌唱响我们这个时代。他在理想与现实生活的矛盾冲突中，在美好与丑恶的较量中，纵观人间百态，发现诗情并开掘出诗的无穷魅力。他给时下有些寂静的诗坛送来了惊喜。谭电波的诗歌充满了哲理，时常给人以忘我的感受。阅读这些诗句，你会忘却世间的那些纷纷扰扰，会骤然摆脱心灵的羁绊，世界便一下子变得万籁俱寂，仿佛宁静得可以听到花落的声音，可以看到露水摇曳的光芒。

文学饥不可食，寒不可衣，也绝非入仕的工具，但却是一种做人的方式和生命的内容，是精神不败的支撑点和心灵放飞的家园。读谭电波的诗，字里行间流露出浓浓的哲理，如同一位敦厚的长者，在向你讲往昔的岁月，让人回味无穷。读着这些诗句，让你在远离尘世喧嚣之后，尽情地深呼吸和坦然释放，使你的灵魂得到一种空前的静谧、怡然与安详。

诗意可以模仿，心境无法模仿。谭电波的诗，没有郁闷、晦涩与故作深沉，更没有激进的或惊世骇俗的离经叛道之论。他是持乐观态度的。从医学角度讲，人若经常忧郁悲愤，郁郁寡欢，精神处于低沉状态，属于"阴"的象征，对身体健康是非常不好的。所以，我们即使碰到不愉快之事，也应看到曙光，这样写下的作品让人读后才有兴奋感，感觉人生有奔头、有希望。沉淫尘世久了，日常生活的繁缛和浮躁，总会多多少少遮蔽一些生命该有的色彩。谭电波以其人其诗，教我们有所感、有所悟，也教我们以另一种形式看懂大道至简、大巧若拙的人生智慧。

我们细细体会谭电波这些诗般的感悟，会感到不酸、不腐、不涩、不晦、不空、不怪，让人读了很舒服。细读这部诗集中的作品，我觉得诗人的创作不仅在为诗的创造着想，也在为读者的阅读着想，亲民的创作态度产生了亲民的诗。这种诗的追求有可能不会产生直冲云霄的效果，但会使读者细细琢磨，慢慢品味，在美中享受诗味。追寻奇妙的诗歌意象是一种创造，而追寻诗歌的朴素之美也是一种创造，这些都是诗歌创作应有的姿态。

"2020年，一段长长的泥泞/一场雪，抹平大地的苍夷/2020年，一年的风风雨雨/寒冬腊月，众香摇落/梅花喧妍，依旧不误花期/霜浸梦，雪洗尘/远离故乡，父母在/依然有乡愁/便知这世间的美妙/季节盛大，幸福与哀愁/在季节风物中缓缓流动/若有眠，忧着月，盖着漫天星斗/静有茶，谧中有禅意/风中雨中雪中，不过一场诗/生活中不只是表象的沉默寡言/黑夜深处的绚烂出人意料/人活着，最珍贵的是勇气/不是本能，是本事/开路架桥，一年岁月走得弯弯曲曲/迷惑焦虑，硬着头皮直面/遇事不决/问山河，山河不语/问春风，春风不言/只好问心/此时，万物素白/一年终，一年始，2020年总结/天，依然活着"（《天依然活着》）

读这样的诗，那本是沧桑的心忽然变得清新朗润起来。那幽幽的情愫，款款而来，像石上的清泉，月下的流水，叮叮当当，清脆悦耳；无繁复之劳顿，无矫柔之造作，无故弄之玄虚，无哗众之取宠，一切自自然然，如出水芙蓉，天然去雕饰。

毫无疑问，诗歌创作重视感觉和体验。一个诗人要有丰富的人生经历，才会有诡异不同的情感言说。虽然经历了许多生存的磨难和心灵的磨难，谭电波还是把苦难当成生活和生命中不可多得的经验与财富；不论多么卑微的生命，只要在这个世上来过，都会释放自己的光亮，不管别人有没有注意到，都会留下拼搏的痕迹，这便是生命的顽强精神。

很多诗，从内容层面上看，诗人都是先"观察"，而后"思考"的。谭电波仿佛是一位冷静的思想者，仿佛一直坐在"岸"边，一直在观察和思考，然后静静地写诗，藉此来表达他极其丰富的内心世界。这里所指的"岸"，既是时间河流之岸，也是茫茫人海之岸；既是时代潮流之岸，也是历史烟云之岸。他常在这些"岸"边观察和思考，同时用诗歌的语言表达内心的所思所悟。尽管诗歌这种文学形式已在时代潮流中日渐边缘化，而谭电波总是能在他那独特的诗意空间里找到一个超然物外的心灵支点。多年来，他把心灵放飞在这种诗意空间里面，乐此不疲。那种平静的铺排和不动声色的述说，让一种淳美的情绪和感觉回环萦绕，紧紧包裹着你。他的语言与抒情，脱尽华服，返璞归真，如夜来春雨般淅淅沥沥，点点滴滴都渗进心灵的土壤。正是这种平实的叙说溢满了精神的风姿，从而使这种抒情诗的艺术感染力深邃而悠远。

从诗歌语言方面来看，谭电波的诗，大都写得比较适度含蓄，不流于直白，当然也不故弄玄虚。我认为他走的是一条中间路线，不温不火。也就是说，他的诗，既不会轻易让你一目了然或一览无余，又不会让你感觉晦涩难懂或高深莫测。这种语言风格的文学体裁，也正是我所推崇和欣赏的。

从诗歌题材方面来看，这本诗集也称得上是丰富多彩的，既有生活小场景，也有历史大背景；既有生活偶拾和顿悟，也有前瞻性的探索与拷问。从中，我们可看出谭电波的诗歌创作视野是开阔的，他没有闭门造车，也不是孤芳自赏。因为生活是他诗歌创作的源泉，身边的社会现实是他灵感萌生的土壤，因此他的诗大多具有强烈的现实主义色彩。可以说，他的诗是与社会生活紧密相连，与这个时代同呼吸、共命运的。他的诗歌触角广泛延伸，几乎无处不在，从乡村到城市，从眼前的点滴到历史的烟云，从栖身的城市到祖国的大好河山，都是他酝酿诗歌的场所，或者说都是他无限诗情所讴歌的对象。

虽然年龄不小心却一片明媚，他的表达总是那么的乐观、坚韧、豁达。那种蓬勃向上的生命力，让你随时都会有一种欲哭无泪、悲喜交加的感觉。"蝼蚁很小/鸟的啄食/死鹰却为蝼蚁啃食/一棵树可做万根火柴/一根火柴可烧空一片森林/昙花虽美却昙花一现/绿树虽素却树立百年/舌头虽柔八十年还在/牙齿虽坚八十年不见/……"（《请保持不亢不卑》）

真情的谭电波，灵性的谭电波，温厚的谭电波，阳光的谭电波，执着的谭电波，在诗的世界里他是倒骑驴背上的禅者。他满目生辉的诗歌给世人带来了生生不息的梦想、灵性和快乐。我相信他在未来的诗歌创作道路上，一定会不断迈向新的台阶，也一定会为湖南诗坛乃至中国诗坛奉献更多、更精彩的亮点。

最后我想要说的是：爱诗吧，诗里有滋润生命的元素！

是为序。


（梁尔源系中国诗歌学会副会长、湖南省诗歌学会原会长。）

# 目 录

## 第一辑 一杯醇厚的茶，一段悟透人生的故事

## 第二辑　不跪拜物质的权威，做思想的王者

## 第三辑　我们全都被煮在一口叫光阴的大锅里

## 第四辑　路的尽头是家,情的归属是亲情

## 第五辑　时间连神也不会放过

## 第六辑　人生就是甘苦与共的一段旅程

## 第七辑　为你指路的是前行

## 第八辑　真正愿意朝你走来的人是谁

## 第九辑　昼夜交替,日暖月华的世界

## 第十辑　生命的珍贵,因为不可复制

## 第十一辑 没有陪伴和方向的旅行,也不荒芜

## 第十二辑 人生似水,有容乃大

## 第十三辑　慧之所存　禅之所存　道之所存

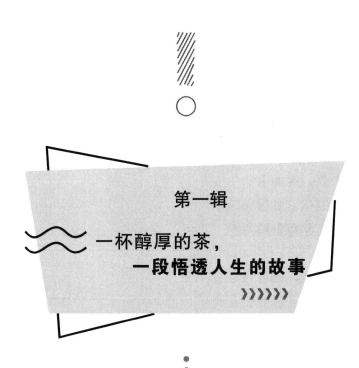

第一辑

一杯醇厚的茶，
一段悟透人生的故事

# 天依然活着

2020，都走过了一段漫长的泥泞
都在等雪，抹平大地的疮痍
2020，一年风风雨雨
寒冬腊月，众香摇落
梅花喧妍，依旧不误花期

霜侵梦，雪洗尘
父母健在，乡愁深深
便觉这世间仍然美妙

季节盛大，福运与轻愁
同在这季节之中缓缓流动
若有眠，忱着月，盖着漫天星斗
静有茶，谧生禅意
风雨，不过是一行旧诗
生活，不只是表象中的沉默寡言
黑夜深处的绚烂出人意料

人活着，最珍贵的是勇气
开路架桥，不惧这一年曾走得弯弯曲曲
问山河，河山无恙
问春风，春风化雨

万物素白，此时，恰如素心
于是，一年终又一年始
2020
天，依然活着

# 生活需要呐喊

我们需要呐喊
不管有没有回声

眼睛，看不尽光线照射的所有
没有亮度的夜晚也还有温暖
我得大吼一声
不是让自己明眸善睐，能得到更多的光
而是想象，夜再晚
我都能披星戴月地归来

我习惯于，犯错
听到了，以为明白
知道，便以为能做到
心动了，就准备行动了
我得呐喊一声，吓醒自己

有一种死——让高傲的灵魂离开
有一种生——叫现在就启程

雪和落叶一起落下
它们从来都是要落下的
可这次，它们决定一起落下
这不是时间或黑夜的密谋

我禁不住呐喊
而每一次呐喊都是一首诗歌
然后，我就站在了阳光之中

# 不动声色的中年

忧郁是光秃的苦楝
微笑着的，是那昂首的冬青
而中年人是一株柿子树

风，你来了，悄不惊人
虽然来的时候
不是春天，也不是冬天

雨，你来了，轻不醒人
微润的衣，慢慢凉透田野山岗
柿子树拍手鼓掌
瞧，它把手掌拍得红彤彤的

秋来了
它不动声色
知道一嗓子喊出去
大山便会给它回音，层林尽染

瀑布一般奔流的中年人
没有资格停驻，只能坚韧地挂在峭壁
气势如虹，却留不住岁月
所以，枫叶只是微笑
它如花绚烂，却并不心花怒放

# 等一句能治愈忧伤的话

少年如刀，满以为可以纵马江湖
料不到，只刻画出了满墙斑驳
中年如井，坐在巷口怅望西风
眼前是风，风的深处是否还是风

累，渗入心中
压在身，扛在肩，不知怎么放下
一路拖着，蹒跚而行

是谁给了哪头猪的快乐
是谁给了哪尾鱼的悠游
是谁给了哪棵树的宁静
是谁给了哪朵云的自在……

世间事，除了生死
哪一件不是闲事
一位雪域诗人说
所谓深渊，下去，也是前程万里
一位辩证法专家很庄严地说
人生很多事，就像智齿
最佳的解决方式是拔掉
而不是忍受
牙科专家说，这样就很简单了

一个人面对外面的世界
需要的是窗子
一个人面对自我时
需要的是镜子
你的心明亮，世界就明亮

水至绝处即为景
人至绝处，转身之间
峰回路转，柳暗花明
不妨去看看故乡清澈的月光
不妨去听听蟋蟀清悠的吟唱

人生没有过不去的坎
但会有过不完的坎
坚强是唯一的选择
寂寞抛却，才能重拾喧嚣
悲伤过尽，才能重见欢颜
苦涩尝遍，才能自然回甘
我们都是凡人，想做英雄也都可以

把脸一直向着阳光
这样就不会见到阴影
成熟不过是善于隐藏
沧桑不过是无泪有伤
别瞧不起那些低配而真实的生活

微笑，并不一定是因为幸福
可能，是在微笑之后才感觉到幸福
一切都会过去的

无论是焰火般的绚烂
还是乌云般的阴暗

好好忍耐，不要沮丧
如果春天坚持要来
大地就会为它一点一点变暖

# 陌生　总让人有另一种心绪

怀化郊外，夜阑人静，吠声遥远
这里应是秋日，这不是我沮丧的理由
月光清凉如水，树影婆娑如梦
我离开的昆明，依旧如春
那不是我骄矜的理由
温暖绚烂，繁花似锦
春天抵到秋天，秋天抵到春天
还有一个或酷暑或严寒
包裹的夏季或冬季的长廊
其实，我眼中
秋色并不比春光更美
春色亦不如秋色绚烂

对我而言，我只是在流浪
用一次陌生的远行
这里无关男女情爱
无关偶尔忆起的少年岁月
往事如浮游的车灯
或有几许可笑，几许可恼
今生再也不见少年郎
再见的，是沧桑的容颜与岁月

逝去的春与秋只有黑白二色

江湖中没有我的传奇
疲倦的河流
历尽曲折，安然入海

我不是那忘忧的禅者
也撑不起思虑重重的修行
我就是整理了岁月与情绪
然后，投入另一种陌生
远行
总会浮起许多往事
像开在路边的野蔷薇花
千朵万朵，都是心绪

# 只怕心老　不怕路长

窗外，老农在挥锄
走廊上，小孩在堆积木
屋内桌旁，我在爬格子

老农说，我在田野上写文章，写出春华秋实
小孩说，我在堆砌宫殿，堆出个巍峨辉煌
我却只是在栽树，栽在如垠的荒漠上

然后我们等
等风来，在朦胧的月色中
等一切有结果，或者没有结果的花儿开放

总有一些，谁都无能为力的未来
总有一些，知其不可为而为之的过去
有一些期待，它止于唇齿，掩于岁月
若有更好，当不会错过

无论爱或者恨，快乐或者悲伤
都会被时间翻过那一页
都需要在心里记得人生的密码
只怕心老，不怕路长

# 酒到底惹了谁

## 其一　喝酒与酿酒

幼时，我见过外婆酿酒
苞谷烧，米酒，红薯酒……
我问外婆，我能酿酒么
外婆说，能够喝就能够酿

于是我好奇偷喝
怎一个"烈"字了得
我不明白大人们喝酒时的那种开心
大人却说，等你长大，有了心事，就明白了

人至少年，好奇心鼎盛，偷喝出一个"苦"字
那是少年不识愁滋味，为赋新词强说愁
发痴发傻的青春期小情绪
以为能喝几口酒便是长大成熟了
然后酒散了，愁绪忘了，都没留下太多痕迹

青年喝酒，拼的一个"豪"字
不是因为应酬，就是为了放松和宣泄
心中有了些梦想
可能只是一个姑娘需要保护

物价飞升，囊中羞涩，一醉，掩几分英雄泪

中年喝酒，无不是一个"拼"字
中年的酒，推不开，逃不掉
仿佛推开了杯盏，就推开了颜面
还有肩头的一家老小，需要你撑出天地
好像喝了，才能醉里挑灯看剑

再往后，喝酒便只拈得一个"淡"字
浅浅一杯，在皱巴巴的手中
风已经停了，夕阳正好
一切酸甜苦辣，都在回忆里
酒，和人，都再也不是从前的滋味了

俗话说，人生如酒，谁先喝完谁先走
那满满的一生啊，原来喝下的，都是自酿的酒
我仔细回忆，记不起外婆是否也好酒
只记得她动作轻柔，把各色各样的粮食
一一捞上，洗净，上笼，生火……


## 其二　今夜，独自来一杯

一个人喝酒，我就喝个嘚瑟
都说一醉解千愁
我喝的不是酒，是寂寞
醉的也不是人，是杯
酒后，千般烦恼散
如同一根葱，里面全是空

今夜，我饮下孤独，还剩忧伤
吞下艰难，还有辛酸
于无人处当然自由散漫
姿态无仪，瓶上无标，桌上无菜

我一个人举杯，就一杯
自己折腾自己闹
自我欢喜自我忧
半醉便是神仙，举杯邀明月
沉醉便是憨眠，百万烦愁一觉抛

## 其三　我有一壶酒

我有一壶酒
豪情任我行
南征与北战
足以慰风尘

人生就是一部长剧
百毒不侵，必定伤痕累累过
笑看风云，因为千疮百孔
生命必须有裂缝
阳光才能照得进来

山路崎岖径幽深
那风景才会显得格外美丽
没有人能替你带走风雨
没有人能为你踏平坎坷
但，自己能

我有一壶酒
冬饮时可听雪落
一半是冰雪，一半是火焰

我有一壶酒
可以照见人生
悄悄去来，悄悄去来
如船过水无痕

饮一壶酒，半醉了才发现
老酒、老狗、老友和老妻，都是最好的

# 为什么要对寂寞好一点

你对桂花树说
给我结一树苹果吧
桂花树却不辩驳，只是说
请先合上你的双眼
静下心来
于是，你就听到花瓣在呼吸
忽地，桂花香无路而来
悄无声息，犹如你的寂寞

尘嚣被香气隔绝
我在书房的寂静之中
仿佛听见
来自身体内部的轻微滑动
生命的窗户正渐渐开启
感悟，心灵一扇窗
在寂寞中悄然开启

今夜，浑圆的月亮挂在澄澈的天空
月光多温柔，恰如清晰的寂寞
一切都相得益彰
我们，为什么不肯对寂寞好一点

# 不要老了才明白

人老了，黑暗逼近
人生是个没有目的地的过程
若真有，那也是虚无
人生如一束光
走过就走过去了，没有轮回
一个人老了
只是过去的一段逸闻
戏曲中的一个配角

人老了，还不能盖棺论定
人生的这个剧本——
不是父母的续集
不是子女的前传
更不是某一位朋友的外篇

人老了，黑暗逼近
走在命运为我们规定的路上
或者满腔悲愤
却又别无选择
不能听命于自己，却要受命于他人
多少人浪费一生
只等待一个符合心愿的机会
可白昼的光，又如何了解黑暗的深度

人的精神如骆驼、狮子和婴儿
骆驼忍辱负重
被动地听命于别人或命运的安排
狮子主动出击
主动负起生存的责任
婴儿，就是一种"当下"
活着，享受正拥有的一切

人老了，有足够的从容与冷静
哪怕全世界都弥漫着焦躁不安的气息
每一个人都急于从枷锁中解放出来
每一个人都在等待奇迹
其实，那只是"努力"的另一个名字
生命中最难的阶段
不是没有人懂你，而是你不懂你自己

理想者尽管稀缺，却尚未濒危
我们遵从他们的不可救药
"他沉沦，他跌倒"，我们不能嘲笑
我们可嘲笑皇帝的富有
却不能嘲笑诗人的贫穷
他跌倒在高于我们的上方
他乐极生悲
他的强光紧接我们的黑暗
没有可怕的深度，就没有美丽的水面

人类永远不会有珠穆朗玛峰
凡具有生命者，都须不断超越自己
你若想走到高处

就要使用自己的两条腿
而不是要让别人把你抬起
也不要趴在别人的背上，或踩在人家头上

人老了，无须时刻保持敏感
迟钝有时也是美德，亦是对人的怜恤

# 中年后故事还有续集

## 其一　混蛋的中年与混蛋的世界讲和

人到中年
人生走了前一程
错把陈醋做墨水
写满了满纸的心酸
错把墨水当陈醋
尝遍了人间的苦与涩
人生后一程
心淡如水
却不能饮茗晚霞
还得在时光的河流中捕捞生活
天地已老
却不能醉笑清波

中年，这个年龄
左手拽着儿女
右手搀着父母
是几边的家长
责任是沉重的担子
累了只能换肩挑
生活如黑夜

只得把自己燃成一盏灯
把夜烧出一个窟窿来
每个人都得奋不顾身
不只是你受尽委屈

中年，峰巅上回眸
来路一览无余
去路不出意外
也搅不出什么大动作
魔术师的包袱已全部抖开
不会有更多的神秘
中年人已是冷漠的观潮人
潮流已成了不相干的背景色

即便如此，人到中年
却不得不与这个混蛋世界讲和
放下愤恨、抱怨、妄想、傲慢与浅薄
原谅这个世界所有的残忍和所有的过错
包括原谅自己
接受世界强加给我们的屈辱
与生活缔结种种不平等条约
无论置于何种境地，微笑面对
战胜世间一切困厄

中年，生命已经流过
青春湍急的峡谷
前方是一片开阔的湖面
我们从容清澈
生活不简单，尽量简单过
花谢不必多唏嘘

枝头还挂着那么多果实呢


## 其二　中年励志

谁不曾年轻过
谁不爱你年轻的芳颜
如卑微也洁白的茉莉花
清新馨香而不自知

昂首是春，俯首是秋
俯昂之间，世事如烟
不知什么时候起
不再虚荣自负，不再好大喜功
微笑着面对自己的一切所遇
中年人要好好接受失去

一如，大雁南飞
便向雁儿学习，一直向南飞去
愿你所到之处，遍地阳光
愿你梦的远方，尽是温暖


## 其三　来一场彻底的放逐

有一天
放下一切，去远方
不计后果，去流浪
私奔吧，就一个人

即便奔走于黑夜
影子也离开自己
心还会唠叨
远方有光亮
更何况
漆黑也是一种风景


## 其四　我有一把剑

年少以为自己是少爷鲁迅
转眼成了中年闰土

曾想仗剑走红尘
见弱也落英雄泪
遇强也敢拼争
然，剑从未能出鞘
只因如今江湖，安检太多

如今混迹市井
碌碌乞朝食
方觉烟火是真身
昨夜一宿醉梦
远山与云霞依旧在

不是叶公太好龙
而是年少架梯爬云端
人到中年
依然遥望
天堂，举头三尺

# 你是谁

你以为你是谁
不好作答
决定你是谁
不乏金玉良言

你的眼界决定你走的路
你的格局决定你的前途
你的定位、你的观念决定你的未来
你的形象决定你的收入，并且别问为什么
甚至，你让别人舒服的程度
决定你成功的程度

你和谁睡在一起
决定了你人生的高度
决定你是谁
两个人，你的配偶与合作伙伴
你的配偶，一生的伴
世界上最大的风
是枕边风
合作伙伴，合作搭档
一颗原子产生不了作用，
两颗原子撞击却产生了十三万吨炸药的威力

自然，团队很重要
团队中的角色，决定你是否成功
跟着干，对着干
帮着干，领着干
在这个丛林原则的世界里
如果你不坐在桌边
你的名字就会写上菜单

决定你是谁的不是梦想而是行动
要么去驾驭生命
要么生命驾驭你
除了努力，除了心态
除了情商，除了品位
还有你的思维方式
知识能让人生存
有智慧才叫生活

思维方式决定你的命运
看得见的叫差距
看不见的更是差距
意识到的是差距
意识不到的更是差距
或许只有思维方式中
才能找到你是谁的答案

# 谁是喝茶人　我等你

身处都市圈的我们
犹如一片树叶散落在城市的各个角落
与尘埃一起随风起舞
在喧嚣中让自己从忙碌中腾出一杯茶的时间
让人静下心，理一理、想一想

茶已不再单纯地作为一种饮料
茶的香甜与苦涩其实是一种味道
一种生活的味道
前五十年所做的一切
只是留给后五十年的回忆
抓不住流逝的时光
留不下美好的昨天
如果说相机能留下当时的画面
文字能记录下当时的心情
可能只有茶
才能保留住往昔的味道了

手上的茶杯
替我们装着茶水
也盛了心事
若你想，就添一点水把那回忆续上
让那些散落的往事

在茶的滋味里，再尝尝旧时的感觉
茶汤也能慢慢浸润出收藏的岁月
为你串联记忆
只是，会打乱了顺序

一杯茶的时光交给知心的人
坐下来，喝一杯茶
无须言语
只卸下心灵的枷锁
瞬间，将悠远拉得近切
一生的心事
可共一书一茶一人
这是我
在用一盏茶的时间，等你

# 人间三千事　淡然一笑间

人生苦短，四季难留
世界对立，矛盾
一枚硬币永远有正反两面
没有彼此，不成方圆

猫喜欢吃鱼，却不会游泳
鱼喜欢吃蚯蚓，却不会上岸
似蒲公英一样自由，却只能随风浮荡

谁不是包囊在肩，谁不是走得疲惫
大智若愚者，愚不愚，千年飞逝
道行高深者，修不修，无量寿福
世事从来依旧，从来都没有什么创意
旧的情绪，旧的舞台，谁玩出了新的花样

甘心做个俗人，胸襟一般，器量一般
不妨做个俗人，吃得简单，过得简单
装快乐多点，烦恼自然就少
装简单多点，纠结自然就少
装满足多点，痛苦自然就少
装理解多点，矛盾自然就少
装宽容多点，仇恨自然就少
人间三千事，可付一笑间

# 人生如爬坡　顾虑是棉袄

人生给你的自由很多
可来一次说走就走的旅游
一切准备就绪
你却突然发现不能出发……

想过的很多愿望实现不了
筹划过的很多事完成不了
有时，只因顾虑太多
顾虑如怀中抱的那件破袄
走在夏日里
丢之可惜
抱着却那么累
那么热

最好的防御是进攻
历史上不乏以少胜多的战例
你想得越多
顾虑就越多
什么都不想
抑或能一往无前

害怕的越多
困难就越多

什么都不怕的时候
一切反而没那么难
别害怕
别顾虑
想到就去做
这世界就是这样
说不定就成功了呢

你怯懦
梦想会离你越来越远
你勇敢
全世界都会来帮你

# 为什么双眼总含着泪花

眼，可以容下天
眼，可以容下地
但容不下一行泪

清澈，或者童真
从一颗泪花里我已经知道
有些事，只能像个梦
隐约留在脑海里
其实，是烙在了心尖上

冷漠，或还凶残
如鳄鱼泪
比泪里还要冰凉的现实
有些事，并不是个事
在记忆里，忘怀
不许你凝在我的时空中

岁月如溪
在骤雨里奔腾如瀑
我却学会了在此时沉默

于是
我眼里有泪，心里如海

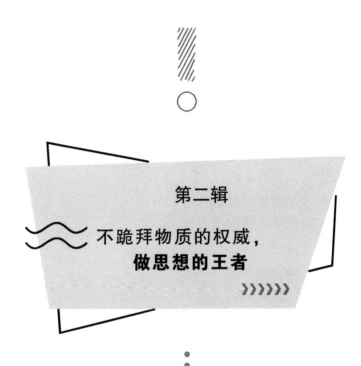

第二辑

不跪拜物质的权威，
**做思想的王者**

# 我们只是旁观者

世界上没有一物是我的
包括自己的生命
只是暂时借用而已
如同银行的钱
不是银行的

无论什么
保管人，并不是拥有者
总有一天，死亡会收走曾经的一切
但在这之前
你毕竟还是支配者
如同火把，燃烧

如同那条人来人往的山路
人们低头看路，抬头看天
一样的风景在每个人眼里
有着不同的风景

旁观，亦是一种参与
大己之心，以容天下之物
虚己之心，以爱天下之善
平己之心，以论天下之事
潜己之心，以观天下之理

定己之心，以应天下之变

有力，当担大事难事
无愁，莫怕逆境顺境
涵养喜怒，智慧舍得
坚持，不问成败

无处可逃，不如喜悦
没有净土，不如静心
难以如愿，不如释然

若爱，生活哪里都可爱
若恨，人间无处不生恨
若感恩，便会被感恩
若成长，事事都在促你成长

世界选择了你，之后
你也可以选择这个世界

# 狐狸与刺猬

要不要穿越风暴，去看看另一个你

多数人愿意选择在简单中安顿平生
即使有人迷恋狂涛骇浪
繁华历尽，最后不免要回到简单
无人求沧桑而得了沧桑
有人示平淡却始终不得平淡

花落无声的优雅
月缺的诗意
渴望，也是内心的一处风景

奋斗，不是为了改变世界
而是拒绝被世界改变
像一只胆怯的刺猬
想缩成一团来抵御危险

改变是件痛苦而壮烈的事
很多时候，不变就是——死
帅若坚决不动
到头来也就是卒前败将

幸运不是必然的结果

却能因为你的改变而来到
人，是活的，如狐，没有坚硬的铠甲
但它见招拆招
没有万变或不变，只有常新常赢的浮生

# 请保持不亢不卑

蝼蚁很小，总被鸟儿啄食
死去的雄鹰却也会成为蝼蚁的大餐
一棵树可做上万根火柴
一根火柴可烧毁一大片森林

昙花虽美却只能短暂一现
绿树虽素却伫立百年
无论房子有多大
车辆多豪华
银行户头多有钱
坟墓的大小豪华与否
生死无非一命，贵贱亦如蝼蚁

弱小的，不可自卑，都是一样的心灵
强大的，不必自傲，也都是一样的生命
万物，每一种都有其意义

谁有山一样高的身躯
谁有河一样长的寿命
这一秒，在高峰上，还是低谷中
最终，都不过是地球上的泥尘

# 甘蔗人生

要么像辣椒一样,有脾气
要么像白菜一样,有层次
要么像莲藕一样,有心眼

可我都做不到
我只能如一根甘蔗
直,不会拐弯抹角
生而质朴
却如此甘甜

生活会逼迫人
一次又一次脱胎换骨
有如生长出一节又一节的人生
每节有每节的经历与滋味
每一节都有岁月的沉淀

人生的层次同样分明
不要奢望被如何珍惜和理解
若是没有,就沉默好了
然后在自己的故事中老去
如是甘蔗,长成一节连一节

有一天,蓦然回首

你会发现
那些个给了你最多痛苦的
最后也成就了你的甘甜

# 新年　美好才刚刚开始

不需要很多
不多不少，刚刚好
存钱不要太多
物价会涨
食物有保质期
文物才越久远越好
但与你无关
花出去的钱才是自己的

人生需要大智慧
把握住了当下才是生活
其余都是远景与背景
清理不用的物件
放弃那些没有价值的盼望
舍弃那些让你凌乱的人
让一切变得澄澈透明，喜悦

云走云飞，春来秋往
旧年是一路磕磕绊绊，跌跌撞撞
转眼兼葭苍苍，眉目忧伤
青丝染霜，喜且不足，还敢揣忧伤
不如坦坦荡荡，掠梦的翅膀
在蓝天白云下自由翱翔

拣尽寒枝，怅然回望
满园花香，已被世风吹散芬芳
寂寞沙洲冷，已无少年郎
我们就这样涅槃

不羡人家荣耀风光
不叹人家末了草草收场
不愁生如逆旅，前路茫茫
只幸甚上一年匆匆忙忙
一边沐浴阳光，一边撒播荫凉
这喜悦
便来得坦坦荡荡

新年已在叩着黎明的窗
新的美好才刚刚启航

# 大树下的一棵小草

做人如草
它也不是一味谦卑
只是生长在大树之下
相形渺小
树荫只肯漏下须臾阳光
地皮或许还营养缺乏
它也有随风摇曳的季节
活得低调而坚强

没有与大树一争的家底
也不能学攀援而上的藤条
不羡慕阳光下盛开的鲜花招摇而绚烂
蜂团蝶绕
它一生一年，一年一生
只有淡绿，翠绿，与秋黄
年年枯荣，无人知晓

风狂了，树折，它不倒
雨暴时，花落，它不跑
它独在石罅孤独
或与千千万万棵小草一起拥抱泥土
也和大树鲜花一起蔚然
叶落，它给一个笑脸

花落，它给一个拥抱

高处的树叶
在把风的秘密大声说出
夏虫呢喃，把草的心事宣泄
一朵花儿在与另一朵花儿缠绵
日子
是你的，也是我的

不争，天下莫与之争
树梢之上是大树无法抵达的天空
云团有一千万种姿态
那都是风的心情
晚霞绚丽，那是残阳给它的离别
世间万物均有它不同的特质
唯有坚强
是我们的共性
我不眼馋你们的精彩
同样你们也不要羡慕我的出色

# 中秋

时间是圆的
地球自转一周是一天
太阳公转一周是一年
万物是圆的
太极阴阳两鱼首尾相衔
圆边任何一点到对点长度一致

岁月如轮
碾过昨天，迎来今天
明月如轮
年复一年，月复一月
又是中秋，新的一年中秋

今秋之月最圆
更圆是你含笑的双眸
与我的祝福
肯定要比往年，更满一些

这些能简单安放我们的岁月
如轮，如半空里那轮中秋之月
在生生世世轮回
愿你华美
如这中秋这月

# 水

我惊讶水的柔韧
还有它的温静与狂暴
它可以沸腾也可以冰冷
随器成形
它无缝不可入，无深不可达
潜入马里亚纳海沟
或者雾锁城乡，云浮九天
它水吞三楚白，黄河夺淮
我也曾在纳木措与它相逢
听它念过一段仓央嘉措的情诗

水性至纯，没有诡谲或者善恶
比新生儿的眸子更纯良
它去干涸的沙漠
或者在地壳深处形成奔涌的暗流
那都不是它的本意
它包万物
许你洗净自己的
然后去争一个出淤泥而不染的名声

若你许它干干净净地离开
一直奔腾入海
许它有更壮阔的事业和见识

许它变成云轻悠悠飘过你的眼帘
许它在你微笑的那一瞬
化为你最爱的形状和颜色

但不要落泪
若你敢再落下滚烫的泪水
它就只好变身为冷雨
匆匆忙忙赶来亲吻你的悲愁
或者化为雪
落在窗台，或者树梢梅瓣
等你握一杯暖茶
静静相守

水没有高深的道行
它运行的便是自然的法则
从喜马拉雅山驻风之地
跌入雅鲁藏布江的峡谷
在八百里洞庭湖酝酿
成就鱼米之乡的富足与欢欣
水的自由就是你的
这是天赋予你们的神通

# 我想藏在大海深处

海岸，满目疮痍，无处不在的漂流物
大海何时开始如此狼狈

生活无边无际，忙忙碌碌
家长里短，荣辱得失
这厢得失踌躇，心煎鸡蛋，两面焦黄
那厢一地鹅毛，西风突至
人生，不堪，无尽荒凉

人之初，我跌跌撞撞
少年时，我有十全十美的希望
青年的张扬仿佛身在沙场
沦陷在中年的营营役役里揣着彻头彻尾的绝望
世事沧桑，生活如海啊
一念盼繁华，一念成灰

我想藏身到大海的深处
又唯恐
错过了天空的月光

# 做口老井

孩子们相信童话，理直气壮
我微笑地质疑
有自以为是的沧桑

千帆过尽
我没找到任流西东的小舟
阅人无数
唯愿梦中寻觅知己
只因我是一口老井

翻过高山，看不见江海
满面春风，遇不到花期
这不是水脉的过错
我只想静默地活成一口老井

我只是一口老井
观天，尚有一孔之见
不惧飞雪漫天，不惧大雨滂沱
内心清澈，胸腹磅礴，不慌张

沉寂，任内心住着岁月

# 桃花依旧盛开

人生如茶，岁月如水
人走茶凉是自然规律

一杯茶
佛门看到的是禅
道家看到的是气
儒家看到的是礼
商家看到的是利

茶说：我就是一杯水
你想什么，什么就是你
逝去的岁月，又能给你怎样的想象
什么结局配得上
你这一路颠沛流离
岁月说，不舍终不得
空有一身疲倦，云雾缭绕
别专注太满，不如两清
做个甲乙丙丁，表示
你，也曾来过人间

严寒酷暑是否
桃花依然
洒脱余生，坦然度今朝

# 鸟语琐碎

我们只是笼中的鸟
彼此羡慕对方的鸟笼

既然我们无力遨游森林之上
只求鸟笼挂高一点
让我们眺望
给自己添一份沉着与坚定

既然耳朵在眼睛之后
只求耳背晚一点
闪电过后还能听见雷声
让自己少一份焦虑与浮躁
听到，另一只靴子终于落地的声音

同样的食材，同样炒菜的过程
味道有了天壤之别
做事也是一样，管理书说
人是最不稳定的因素

天无绝人之路
只是对懂得转弯的人而言
但世人知道，这世上谁人不聪明
所以，善学，还要善思

思路决定出路

别人都那样做
并不是你必须那样做的理由
成功不能简单复制
一碗心灵鸡汤也需要辩证
否则，一生谬误

语言这东西
在表达爱意的时候如此无力
在表达伤害的时候
却又如此锋利
沉默并不一定聪明
但聪明人的缄默就格外高深

你要储存你的可爱
守住你的善良
气候越来越坏，天敌越来越多
你的鸟巢就要筑在仙人掌上
也能帮你躲避天敌

浮云吹作雪，世味煮成茶
心宽则人安，心大则福大

# 把最美的秋天留给了中国

2019 年 10 月 1 日，多么隆重的日子
这样一个秋天，属于金色的中国
是上苍馈赠给全人类的画卷
气势磅礴，淋漓尽致
树林披上深红和金色的外衣
轻绡似的雾气轻轻抹在天空上
这绚烂秋景，像泼墨的画
颜色参差，落英缤纷，人在画中

微风从远方来，牵引着甜蜜
因为沾染喜庆而轻缓柔和
因为被国庆气氛清洗，而变得温馨
一片风声就是一片欢呼，微笑开始很甜

今天，是最隆重的日子
所有的花草树木都被晨钟唤醒
所有的花朵都开始盛放
果实都飘香
天安门广场上的铜号
一千万朵牵牛花齐声歌唱

夜来香，也有快乐的芳香
烟花腾飞，一朵朵瑰丽无比

点亮亿万颗星星
使所有人生得喜悦，笑容灿烂
让全世界都看到华夏民族
是最耀眼的太阳

在今天这个最隆重的日子里
请把你的幸福绽放出来
请把你的快乐欢呼出来
请把你的祝福高唱出来
请把你的风采展示出来

华夏大地上的一切
都是最美的
七十年时光啊
是劳动人民的双手
打造了这最美的中华
我歌颂，中国的秋
这像金子一样的秋天

# 因为有根

北方菜地有一块石
人说是飞来石
老农说是一座石山
岭低也是峰
因为它有根

蝉鸣一季唤来秋霜
却响彻天宇
萤火虫之光虽冷
却装满了童话
因为生命是根

我的世界
你曾牵着我小手走进
温暖了我的一生
因为感恩是根

70年前的今天
"中国人民站起来了"
天安门前
一辆童车推过
生命是根
希望是翼

# 一只猫

我有两只眼
一眼盯着碗，一眼盯着远方
我没有什么独具的慧眼
只能用吃草动物的眼光看世界

我一只手举风，一只手提灯
一只手高擎儿子，一只手笑携娇妻
长风浩荡，鹏程万里
小心翼翼地走在生活的泥泞里

面对地球仪，我的哭声很小
对高山高呼，能听到回声
山不肯过来，我就过去
多少次，我把自己累得喘不过气
多少次打捞水中的月亮

白昼做了一个梦
夜晚做了一个梦
梦里只有一个你
一只被奉为神
却并不算健壮的猫

# 夏天许我有个大水缸

没有院子，也没有水池
只能翻出来一个闲置已久的
外婆用来酿酒的缸
我把铜钱草和碗莲都种进去
摆在阳台窗前，风一吹，带来清凉

莲叶是幽幽的绿伞
花瓣如少女的脸庞
看得人心生欢喜
有了水的衬托
花娇艳了，草清幽了
心浮气躁的夏日
被几尾鱼扰得有点丰润

碗莲，金鱼，铜钱草
初夏，各种生命为自己盛开
午睡醒来，我捧一杯茶
持一卷没有断句的药书
于窗前静读
窗外生机勃勃，书中亦是

有了这个古旧的水缸
我便能瞧见光明从遥远的荒原里

蹒跚而来
以一掬清水，洗涤尘埃
许我不零落，不干涸

许我蜗居高楼
坐拥有一方水色花颜
许我沉默，或自言自语
当我掬出一句哽咽
燃尽秋瘦冬寒
它还能许我一个孤寂
吻去我所有恓惶
满面风霜
只留下永恒的晴色

我掌心握着一个禅定
在身心俱疲后依然能酣睡

# 一勺盐的营养

一勺盐放入汤里，味全

萤火虫是盐，夏夜才安谧而美好
鲜花如盐，森林才常怀得色

情是盐，天才老
恨是盐，月有缺
大千世界，沧海桑田

人生如水，事业如盐
如是，苍白人生变成丰富多彩

烦恼与快乐是盐
痛苦还是激动，泪水是咸的
人生百年，一味到底

很多人和事，很多情和爱
只是一粒粒盐
只要体验过，感受过，就不遗憾
无须强求，不用纠结

一勺盐放在汤里，味才鲜
放在嘴里，却难咽

# 那一年　我种了一棵树

那一年，我郑重地
在贫瘠的泥地里种下一棵树的种子
不期望造物，不奢望造景
只是把种子交给大地
除此之外都会让种子，下落不明

泥土是生命的温床
大地才是一棵树该有的命运
经过荒凉，才见繁华，这是树的生活

生命是一树花开，生命是一场虚妄
人成长的故事，是树长大的经历
一树花开是美丽的
人生的美丽包括生与死

如花开，绚丽绽放，离去坦然
其间抗争怎样，挣扎怎样
顺应自然便是美丽
黎明时沐浴，我虔诚站在树旁
聆听它四年一次花开

心中若有桃花开
何处不是水云间

尘世中若还有微笑
何处都可静放那清浅的安然

春天终于来临
一切才刚刚开始

# 我们只是被拔光刺的刺猬

年少时渴望繁花似锦
年老时我们发现平凡是真
不要指望来日方长
不要与风斗，与雨争
我们只是被拔光了刺的刺猬

人生，这一路上
深厚与浅薄，单纯与复杂
明与暗，多与少，失与得
传统与时尚，镰刀与弯月
一直在时光里缠绕
不要说，和谁过不去
最后都是和自己过不去
最后发现幸福越来越稀缺
碎成一地玻璃碴
一地无数个破碎的幸福
终日把自己囚锁在悲苦的囹圄

一场疫情，让我们明白
钱财买不来生命
利益换不回健康
最大的财富，就是活着
最大的幸福，就是平安

爱惜身体，才是智者
世上最贵的床是病床
世上最好的药是健康

赚钱不是为了看病
人活一场
我们能拼的只有岁月与健康
百年后，谁还记得谁是谁
健康不是第一，而是唯一
健康活着，就是幸运
平安过着，就是福气

人生无常，生命短暂
珍惜活着的每一天
珍惜身边的每个人
苦乐、悲喜、聚散
最终都随风
随烟、随云，四处散去
红尘繁华，不过水中月镜中花

再如春光得意者
与春花争俏，就不能与夏雨争凉
与秋虫争鸣，就不能与冬雪争净
夫唯有不争，方是王
水不争，自由自在
天不争，百鸟尽归
不争，自有世界，也自有境界
无为不是反动
而是天人合一

如果承载多了愤怒与伤痛
必装不下明月和清风
不如把天地折叠于心
把明月盛装进胸
清风来了，花朵开了
万事自在

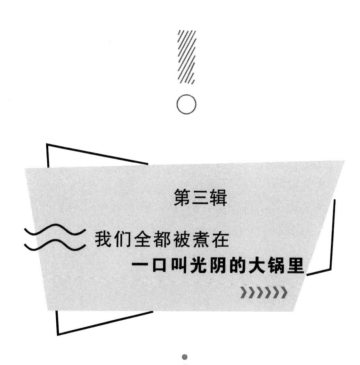

第三辑

我们全都被煮在
一口叫光阴的大锅里

# 颜色

岳麓山的树叶青了，黄了
是谁给谁以颜色
交给自然，交给四季
要不，那山那水多寂寞

一匹小马驹耀眼纯白
是谁给谁以颜色
一道闪电在草原飞驰
把激情交给速度
要不，青春时光多辜负

一群着红衫的广场舞老者
是谁给谁以颜色
广场上，热情火辣
把红色交给生命的不屈
无论多贫苦，也要挚爱生活

五颜六色的饮料
是谁给我们以颜色
我独取一瓢白开水
无色无味，没有一丝包裹
淋漓解渴

丰富多彩的生活，是谁给我们以颜色
我独取一色简单
本真自在，生命安好
最能过好每一天

# 水煮海鲜

锅里的水沸腾了
一尾鱼钓出水面，丢进锅里
鱼是那么喜欢水，水却在煮着鱼

目光之外，水天一色，交缠交融
海水煮着夕阳，煮着天空
也把大大小小的船只煮了
夜色温柔，月明星稀
煮着月亮，煮着星星
也煮着万家灯火

从岸上看，船就是一个黑色斑点
海的辽阔是因为我们过于渺小
沸腾的锅，煮着零丁洋
零丁洋却盛装着我和朋友们
悄悄地煮着船
当我们围着煮海鲜的锅欢畅
黄昏的霞光正好把整个船包围

吃与被吃，没有太多本质上的区别
只是煮的时间长短不一样
一个用水，一个用光阴

# 迷茫也可以是块地

还有多少人在风中迷茫张望
过去的丰沛与未来的喧哗
一个成功的男人，多人期望

现实与美好之间永远有种敌意
中年是上苍在年少与年老之间
画了一条叫迷茫的线

中年的迷茫与彷徨
是一块空地，是块沙漠，是块田
总得长点什么
佛说：种善得善，种恶长恶

萨特长时间凝望着窗外的那块空地
居然写出一部"虚无主义"的皇皇巨著
可可西里广袤沙漠上
流传着藏羚羊的美丽传说

要容忍心中难解的疑惑
试着去喜爱困扰你的问题
不要寻找答案
你是找不到的
只能与之共存

如肿瘤病人，学会带瘤生存

经历充满疑惑与难题的生活
总有一天，不知不觉
你将活出写满答案的人生
大彻大悟，知晓天机的人生
犹如一首无词的歌
你会听懂旋律

那么，中年就是一支无词的曲
就让我们：慢慢哼，缓缓听

# 一只碗

一只碗，盛满核桃
还可以加些米
还可以加些水
还可以加些盐

一只碗，敢于担当
担得起山珍海味
装得下千年美酒
盛得住平淡凉水

人生如碗
盛了昨日的经历
今日的光阴、明日的希望
装进了世间百味
喝得进酸甜苦辣

人生如碗
碗可装浓盛淡，但不是大海
多则溢，溢则倾，倾则碎
人，口只有一张，心只有一颗

尝遍百味，心思却不可乱
一件好事想多了，就不兴奋了

一件坏事想多了，只会越来越焦虑
之所以累，就是胡思乱想多了

世界没有完美的东西
所以，人们把碗做得很圆
有时候缺憾也是一种美
命中没有的就赶紧忘了

人与人之间
归来是诗，离别成词
不敢造次笑风尘，如碗
糟糠能食，粗衣也认
煮酒话桑麻，就不用相思了

人简单，如碗
盛了一碗的岁月
不必再去拾捡有谁的从前
择一地终老
时光静好，细水长流
加一点快乐的盐，融一点虔诚的糖
小心翼翼地盛进碗里
静静而慢慢地品尝

# 一棵树的理想

一棵长在都市的树
理想是自己快速成材
再把佛嵌在身上
供奉于庙宇，千年不朽

昨天，身后忽然壮大了
一片水泥森林，幢幢高楼林立
树冠上的阳光顿时斑驳陆离
接着又听闻明天
脚下将修建一条通衢大道

是否要搬家择地站岗
不知何时起，身前身后的路灯辉煌
无数蚊虫昼夜飞舞，数不清广告牌缠身
多渴望，长在森林里

旷野上，田野中
心无旁骛，一心一意
生叶落叶，开花结果
悄无声息，旁观喧嚣

与人一样
越在意什么，什么就越折磨你

这棵树有了过多的思考后
慢慢消极，渐渐萎缩

生存总是激烈的
阳光免费，但空间有限
有阴死的灌木，摧折的树梢
连根拔起的风雨，出其不意的旱涝
时运不济，绝境不断

阳光说，树噢
你有一颗善意的心
却无优良的心、坚固的身
需要接受尘世风雨的洗礼
世界，五味杂陈，聚散无常
必然将各种况味妥帖安顿
活成自己内心欢喜的模样

鼓足勇气，决心忠于自己的决心
每一天将是自己最好的一天
你要生长，要生活
世界却与你同长，陪你热闹
你要孤寂，要沉沦
全世界就是自己一个人，独自哭泣

谁叫牛是牛，是牛
总得犁田，否则就成了锅里的菜
是树总得要生长，否则就成了腐木
不要一味期望，成材成佛
没有尽力，只有竭力，这样
才能当相即道，当位即妙

# 沧桑之后

一条小径通往树林深处
落叶缤纷
树上挂着或红或黄的果
阳光温暖
秋天静美

岁月从你光洁的脸庞上走过
留下一条条小径似的皱纹
一条通向橙黄橘绿
一条通向废墟
那里阳光有些遥远却也暖和
沙石缝中长出小小的幸福之花

人生苦短
我们又何苦费尽思量
无所不用其极
不用忧虑
再不幸的生命
长得再不如意的生物
沧桑之后
生命依然美如秋天
从容，淡泊，宁静

# 你在　我在　彼此在

我们生活的时空是宇宙中的一条河
我们是河流中的一条条鱼
这条河是有岸的，这岸很薄
瞬间把人拉黑，让人走出时间
这岸很强大，把一切都绝缘都隔离
我们很庆幸，我们依然生活在这条河中
你在，我在，彼此在

2020 年 12 月 31 日，2021 年 1 月 1 日
一秒，一息
不是一个转折点，不是一道藩篱
不是一道坎，更不是一个岸
是生命的一个链接，没有终点
是生活大道上的一个界碑

种种酸甜苦辣，都是痛而快乐的，都是幸福的
相对活着，所有艰难都轻如鸿毛
因为活着就好，活着便重如泰山

新年来临，遍山遍野，满屏的祝福
而我真诚地祝大家，健康地活着
一屋，一家人，围炉而食
你在，我在，彼此在，安好依旧

# 选择

祖上发家
先有一只鸡
鸡养成鹅
鹅养成羊
羊养成牛
牛耕出一丘田
一丘田连成一垅田
田上长出无数收获

不是有田，有努力
就能发家致富，就能成功
大器晚成
或许是个幸运
或许是潜在的显现

田没错，努力也没错
错在我的种植，错在用错了工具
正如人生
路没有错，错的是选择

一样的人生不一样的过法
一样的路不一样的走法
有的路明明是直的

却总有人走出了弯曲
有的路明明是宽的
却总有人越走越窄

路是一样的路
不同的人却走出了不一样的人生
时间是一样的时间
不同的人却度过了不一样的时光
不是因为路，不是因为时间
是因为人的选择

因为选择不同，所以路也不同
因为理念不同，所以人生不同
无论好与坏，都是个人的选择
无论婚姻还是事业
总有人走对，总有人走错
婚姻没有错，事业也没有错
别人能成功说明婚姻和事业本身没有错
只是因为你走错了

没有一丘田是不长庄稼的
没有一滴汗水是不发芽的
任何一条路都是人走出来的
活着的意义就是活着本身
人生就是一个行走的过程
无论对与错，走还是停
都是选择
最重要的是迈出第一步

# 人生需要风雨

倘若世间没有风和雨
冰心说
这枝上繁花又归何处
瑞雪才丰年
四季分明，风调雨顺
是农耕时代的盼望

倘若人生没有绊脚石
人生成熟缘何谈起
宇宙有很多星球
只是一团气体
有石有泥的地球
只是极小的概率

幼儿园老师说
同学们不能做温室里的花朵
无伞的孩子才会雨中跑
大棚菜才叫反季节蔬菜
量大品不高
即便养生，讲究
天人合一，循道而行
不如人类学会候鸟式生活
追逐气温奔波于南北大地

其实，植物都知道
好花知时节

风雨带给我们的
不仅是打击，更是力量
不仅是挫折，更是希望
不仅是阴霾，更是光明和方向
或许生活便是如此
一路风雨一路晴

风吹雨成花，风吹亮雪花
炎热，夏花才绽放
秋爽，硕果才累累
严寒，冬雪才纷飞
生活需要风雨
如何面对
人生目标与心态才是关键

# 牛顿煮表　时光煮我

牛顿煮表
时间煮雨
我在煮水
牛顿把怀表煮停了
上苍说：让牛顿降生吧
于是世界一片光明
但科学阻止不了时间
也包括上苍的使者

时光煮出了春去秋来
丰盈了寒冬酷夏
加了湿润，煮出春意盎然
加了温度，煮出夏花绽放
加了颜色，煮出秋月圆满
加了寒冷，煮出冬雪纷扬

我在煮水
加了茶叶，成了一杯茗汤
加了鸡精，成了一锅美味
什么也不加，成了一盆寡水
水蒸发了，成了斑驳印记

生命，如指缝里的流沙

握不紧，捉不牢
一辈子真的很短
不忍卒问，今夕何夕

千万不要与时间为敌
天地万物如此渺小
纵然搏击长空的雄鹰
在天际之间只是一个跃动的黑点而已
谁还能手攥年少时的梦想

光阴太薄
时光早就煮糊了明朗的脸庞
谁没有一个短暂的中年
名利太薄，"是非成败转头空"
三皇五帝至今
你方唱罢我登场
古来多少英雄汉，南北山头土一堆
人情太薄
来了，走了
冷了，暖了
去了，回了
旧了，丢了

人是熬不过时间的
但可消磨光阴
那就在熬煮的光阴中撒些盐
生命才有味道

一壶浊酒，几许烦忧
对酒当歌，人生几何

学会善待，善待自己，善待他人
善待就要学会宽恕，不纠缠过去的错误
不在欲望中挣扎
你能宽恕多少，能退让多少
与自己和解
就是置心灵于旷野，给心灵以自由

# 我在哈哈镜中寻找自己

### 其一　看相片有感

当年棱角清秀的脸庞
已模糊不堪
当年清澈犀利的目光
已浑浊如豆

童年时的草地已无踪影
少年时的树林不曾回去
青年时攀登过的青山
被江湖恩怨堆满了记忆

以追名逐利为己任
眼睛捕捉权贵脸上的天气
双脚奔跑成停不了的车轮
生命辜负四季风光
心中还有多少绿意

流水在唱"随遇而安"
白云在写"无欲无求有自由"
鸟儿有树就是家
蝴蝶再做多少个梦

也不想进入尘世招惹烦恼


## 其二　我是谁

人好比一颗种子在漂泊
不幸的是
我们不由自主被撒在大地上
这广袤无垠的社会
总被无数眼光和说法左右
一头被别人牵着的绳子紧紧地抓住
一头一辈子紧张、恐惧、焦虑、担忧

像木偶一样拼命活给别人看
一步一步将真实的自我
囚禁在深深的黑暗里
丢失自我
是找不到快乐和幸福的根源
是一切心理问题的根源

我们还常常询问自己
我是谁
却又不明白"自我"
或无力作回自我


## 其三　今日方知我是我

别人的都是故事
自己的才是生活

听一千遍别人的故事
还不如做一件自己的事

昨日听闻钱塘潮
今日方知我是我
即便混迹鸡群的幼鹰
可否还有飞翔的冲动
还是只能啄食黄土

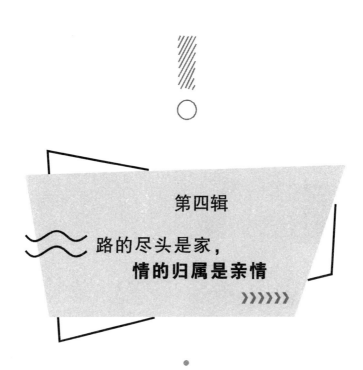

第四辑

路的尽头是家，
**情的归属是亲情**

〉〉〉〉〉〉

# 人生只有出门与回家

年少
门外有远方与诗
中年
心安便是家
年老
叶落归根
一间房或一座茅草屋
只是个窝
或许还不能称之为"家"

坚固的长街
流水的行人
生命短暂
如何才能添上色彩和意义
不能让他人来编排自己的故事
不要让他人来扭曲自己的命运
努力前行，不畏艰苦
自己攒的，酸甜苦辣，都是生活

名利与情爱
靓丽无非如彩虹
恍如云海
都不是生存必然

愁是连环锁，欲是深涯
能远之，就不要执着去追赶
面具戴久了，会长成脸
岁月不曾饶人
我们又何曾饶过岁月

有些言语，只是言语，不必在乎
有些风景，只是风景，不必留恋
有些心情，只是心情，不是一生
别太纠结那些郁结的心事
努力在每一个当下
收获也在每一个未来

# 哑女回家

告别她的女儿与孙女
大巴安检处，母亲只能止步
老母亲徒劳的手势
并不能让她女儿与孙女明白
要去二楼的哪个登车口，搭哪一趟车

原来哑巴也可以遗传
年轻的女人带着孩子，茫然，无助
惶恐，不敢跨过安检
仿佛跨过，就会迷失在森林中
这城市，是水泥垒起的森林

我们先人都有那种本领
可以从一切踪迹判断
什么动物经过，什么时候经过
看来，年轻母女没能掌握
眼前的文字与图标，无法助她们乘车回家

我试着在一张纸上
画出登车口的"10"，与她远方的家
结果画上了一个
圆圆的月亮，月亮之上
有一只鸟儿舒展着梦想的翅膀

# 我的家乡　我的元木山

## 其一　炊烟有根, 乡音悦耳

我漫步在家乡的山岗上
阳光灿烂, 山中杂花乱开
阳光干脆, 驱除一切阴郁
仿佛是人一生不可多得的喜悦

故乡的春风
胜过我见过的一切山川河流
每次返城, 不舍得扔掉旧鞋
鞋底有家乡的泥尘

站在远远的山岗上, 我
像饿了许多时日的人嗅到了炊烟
有家乡味道
但我的家乡还在山的深处
夜里她周身是梦, 跟着云走
昼里她周身是海, 跟着云走
老屋门口的长坡上长满了野花
那样好的景致, 仿佛就是人们盼望的天堂

我开始反反复复地说起家乡

很难说是因为有多重要
只是开始把家乡当成了母亲
它是我唯一的行囊


## 其二　大山深处的元木山

多想向山脉借那一道梁
便能依偎着群山撒娇


小时候，问父亲
山后是什么
山后是山，再后面是山，父亲说
那山前面是什么
山前面是山，再前面还是山，父亲笃定
父亲还说
将来，你们一定要走出山


后来长大，才明白
山外也有海，山外还有城
可是，在我的家乡
从来都不曾听见过海潮声


不知何时，家乡开始悄悄在我梦里缠绵
像母亲的身影靠在月亮上面
万顷月光舞动着优美的梦
秋天里，担水塘的坝上铺满了阳光


我的家乡，元木山
是一只自由的鸟

独自翱翔

它时光漫漫，脚步婆娑

可有留下我的足迹斑驳

或连一丝痕迹都失去

可我还是思念如潮


那七分绿，一分水

还有二分思念

村前的两口水塘如一对酒窝

还未饮，思念如流水就消失在水中


家乡，元木山

我是你的尘埃

但你却是我的元木山



## 其三　我的家乡元木山


元木山，在县域地图上

只是一小点

如石山上的一块小石头

怯怯地躲在一个不起眼的角落里

你与中国大地上

多少不知名的乡村一样

不曾开出一朵有名的花

甚至一株珍稀的草

只如村口那株永远不长个头的老树

实在是太过于平凡


元木山哦

传说你曾漫山遍野长满了元木
坚硬又葱绿
如今，你只有整山的
灰不溜秋的岩石
而我成了石上的那撮秋苔
顽强而不起眼
可我仍旧期望从石缝里
能长出一棵植物
无论它是花草，灌木，还是乔木
我都会称之为元木


## 其四　家乡印象

小时候，家乡好大
老屋，宏伟屹立
风和日暖，让人多想窝着
永远不长大

不知何时起
家乡小了，变得暗淡
老屋默默地蹲在一隅
小雨缠绵
日子也不再清净

多少漂泊，在他乡
蘸着辛酸
写着疲惫
读着生活的苦累
在一个个叫日子的阶梯上

兜兜转转，在异乡
家乡在梦里一圈圈地长大
念想在渴望中一层层塞满

今天，家乡很小了
老屋仿佛趴在荒芜里
如一颗不饱满的核桃
皱皱的，暗暗的
又如沧桑老母亲，佝偻着

家乡变了？还是自己变了
异乡的风景或许很美
但只适合喜欢，不适宜收藏
家乡不是人生的偶遇
需要牵手一辈子，甚至永远

我回的时候，不是在冬天
命运碾压的疼痛感对游子
对家乡都是一样
我忽然发现
自己是多么不孝
又是多么无能为力
这或许便是人间的沧桑


## 其五　我带你去看家乡的元木

乡亲们说
我们得出发去远方
哪怕山再青，水再秀，风再柔

都不能羁绊双脚与未来
除了深深的眷恋
我们流浪似候鸟
家乡永远用绳线牵着悬空的心

不知何时，家乡成了我的远方
出门的路千万条
回家的方向只是一个
多少寡淡的日子，多少无味的梦
家乡才是最美的远方

想带你去看我家乡的元木树
树叶与微风呢喃，似情侣温柔的私语
果香阵阵，似柔和的眼神
家乡的夏天符合你想象的样子

人间天堂应该就像元木山这个样子
家乡的阳光依然温润活泼
灌木丛微笑不僵硬
家乡的山雨如一群刚放学的儿童
欢快，清澈，蹦蹦跳跳

# 父亲　长着一张中国男人的脸

不要问，走多少路
才成为男子汉
只须他有了儿女，身为人父

父亲越来越像一根老扁担
在艰辛的路上跋涉
把一家老小挑在肩上
一筐筐日子，一把把生活，一捆捆重任
扁担仿佛就是父亲的脊梁
弯曲、倔强、坚韧、沉默
而遍体，经岁月沉浸
仿佛远山与云海融成一色

我看着，父亲年老的脸
如一颗活动着的裸露核桃
雕刻了悠长的岁月
俘虏了人间一切酸甜苦辣
绑架了尽可能多的责任
一切的一切，酿造成这张脸
一张越来越像中国老人的脸
沧桑、忧郁、寡言而坚毅
蹲守在老屋
孤零零地晒着太阳

# 致即将走入社会的儿子

世界上最伟大的霓虹灯
醒目，穿透力强
越过树梢，越过高楼
却没有多余的光
照亮你脚下创业的路

心灵鸡汤的激动与振奋
跨不过教室大门
有一种病，叫看过听过
一堆堆励志的电影、演讲、书籍、歌曲
仿佛自己努力过，拼搏过
这种病医院不会接收

赚钱，可治疗一切矫情
有钱，才能治疗一切自卑
做一个沉默的人，做一个内心如海的人
不管际遇如何晦暗
也要努力用光照亮要做的事

没有白费的努力，没有碰巧的成功
认真对待生活，你的每一次努力
都将绚烂成花，相信自己
在某一天便会款款而来

# 雁妈与奶爸

一枚很大的鸟蛋孵着
从外破壳是美食
从里破壳是生命
我守望一段时间
热切盼望孵化出生命

一个小生命破壳而出
第一眼认准了妈妈
我这个粗壮的汉子
我去哪里，它就跟着
影子一样黏着
我是多么自豪又生无比忧虑

我要教会它哺食
学会向雏雁喷水
鼓励雏雁梳理羽毛
分泌油脂防水
还要学会飞翔，学做好头雁
雁不会只生活在屋檐下

对雁，屋檐之外不是远方
迁徙已融入基因中
不是因为寒冷

为了清澈的湖水
为了金色暖阳
为了美丽的远方和未来
大雁选择飞翔
在飞翔中，大雁会越来越强壮
飞得越来越远，去更多的地方
看更美的风景
遇见更有趣的世界

同年，我幸运地做了父亲
我独自一人豪饮一瓶老白干
发誓要戒酒，戒烟，立宏志
为儿子树立一个男子汉的榜样
我倾心于哺育大雁一样哺育儿子
但没有人告诉我
何处是他的未来与向往

我该用什么作一双翅膀
带他飞越千山万水
飞赴那温暖的未来

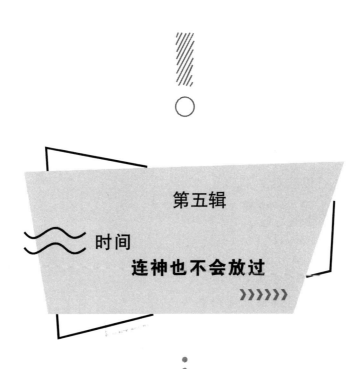

第五辑

时间

**连神也不会放过**

〉〉〉〉〉〉

# 人来世间永远只有一次

既然人来世间只有一次
又何必拘束自己
在高处挣扎
在底层求活
不过都是为了生存

大风可以吹走一张纸
却吹不跑一只蝴蝶
生命的意义不是顺从

和世界交手这么多年
你是否光彩依旧，兴致盎然
都说岁月不饶人
你又何曾去饶岁月
你踏过的山头
早已深陷如渊

你来人世间永远只有一次
没有轮回

# 丢了牙的猛兽

笑不露齿
掩埋了生机勃勃
标准的微笑
应是露齿八颗
优雅迷人

猛兽露牙
除了嗥嚎
就是一脸凶相
当心，此时武装到了牙齿
攻击瞬间发生

一只虎，一头狼
牙若掉了
杀气顿无
如同老人，刀已钝枪已破
只剩宁静与淡泊

年老，都慈祥
幸乎？不幸乎

# 时间会回答一切

哈尔滨比广州早 2 个小时天亮
但哈尔滨或广州的 1 个小时却同样
不多不少，60 分钟
有人 25 岁就腰缠万贯，50 岁早逝
有人 50 年才捞到人生第一桶金
活到 90 岁财务才真正自由
有人筹划二胎生育计划
有人却依旧是单身狗

世界上，每个人都有发展的时区
身边有些人似乎走在你的前面
也有人看似走在你的后面
不要嫉妒或嘲笑他们
每个人都有自己的时区，你也是
生命就是等待正确的行动时机
好雨知时节，当春乃发生

所以，放轻松些
你没有领先，也没有落后
命运为你安排在属于自己的时区里
永远准时，请耐心些

所以，我们

不纠结过往，不惧畏未来，不辜负当下
时间不语，总回答一切问题
人生彼岸，总有轮回的结局

# 数落时光

曾以为 2020 年很遥远
突然发现相距仅 3 个月了
且忽然发现
18 岁是非常遥远的从前
青葱的自己与现在的自己
仿佛相差三代

清淡的岁月，不咸不淡的人生
有过故事，还有些事故
想完美，结果总是一地鸡毛
不想沾染凉薄，结果满心凉薄
人生孤独便是
不如意常八九，可与人言无二三
坦然接受遗憾才是不遗憾
坦然接受不完美才叫完美
能享受得了最好的
能承受得住最坏的
或许是一种沧桑后最佳的心态

终于明白了，不会游泳
老换游泳池是没用的
条条大路通罗马
也不如一出生就在罗马城

赚钱当然比什么都重要
钱至少还可以解决一些问题

如果能
我们一起去奈何桥上卖孟婆汤
生意一定会很好

# 精算人生

活着，说简单其实很简单
一辈子只做两件事
饿了吃饭，困了睡觉
能把饭吃得很香
把觉睡得很甜
确实是件不容易的事
人生如果能做到
白天有说有笑
晚上睡个好觉
恐怕就是人生最好的状态了

曾几何时，也曾追求轰轰烈烈
而今，一切都已淡然
我们总是要学会用一颗简单的心
来接受生命的风霜雨雪
笑看得失才会海阔天空
心怀透明才会春暖花开
人生如此而已
人生有多远
无法预知，谁也无法预测

每个人的明天的长度各有不同
只有自己走过的路才知道最终的样子

把新路慢慢走旧
把旧路慢慢走平
人生如是，爱如是
不沉迷过去
也不狂热地期待未来
顺势而行，且行且珍惜
如此最好

# 最后一滴雨

一场雨
屋檐下
有人等伞
有人等雨停
我在等最后那滴雨
缓慢而又迅速
这滴雨很努力，很不舍
离开云朵，离开瓦槽

不要抱怨风的无情，瓦片的无力
你，不屑与雨为伍，又害怕与众不同
这就是痛苦流泪的原因
就算这世界有太多的失望
也要学会接受，不为难自己

人生与雨一样
出场顺序很重要
很多人换一个时间出场
结局也因此大不同
雨啊雨，你的一生就这样
终于滴下，流淌，最后无迹可寻
或许又一次轮回

我们说话却总喜欢用"终于"
终于毕业了，终于放假了
终于过年了，终于离开这里了
任何告别都是解脱
最后才发现，如释重负的
恰是自己最想念的
却终不可轮回

# 真正的鲜花

人的"时空"是不一样的
有人生活在过去
有人生活在未来
有人生活在当下
活在当下，把握当下
才是生命真实

过去的，已经过去了，不可复返
未来的，还没有来，不可触摸
过去与未来都是虚幻
南柯一梦而已
沉湎于此
无不是逃避与不自信

精彩的人生，是知时节的一朵好花
超前与滞后往往都不是幸事
明天未必比今天好
如果当下不努力
明天有再好的计划
或者
一切都是幻想、空想、妄想

# 短促人生

度日如年，只是渴望强烈
备受煎熬
人一生，只有三万天
每天若用一个句号表示
一张 A4 纸足以装下，一生
若你划去过往
便会发现，这张纸已被划去了一半

一天很短
短得来不及拥抱清晨
就已经手握黄昏

一年很短
短得来不及细品初春桃红柳绿
就要打点素白秋霜

一生很短
短得来不及享用美好年华
就已经身处迟暮

总是经过得太快，领悟得太晚
我们得珍惜，人生路上的所有情缘与喜悦
一旦擦身而过，也许永不邂逅

# 贸易是一种再见

## 其一　总会再见的

驴说：离开我你就转不动
磨说：离开我你就没命
不会有再见的一天
鱼说：我那么信任水，水却煮了我
叶说：我那么信任风，风却吹落我
鱼错怪了水，叶错怪了风
不会再见，但会一遍遍重演

人傻不是毛病，不虚就行
人精不是问题，不坏就行
善于利用他人没问题，别卸磨杀驴就行
人穷人富不是问题，懂得付出就行
谁人背后不说人，背后谁都被人说
我与你有距离了
一定是你太精，我太傻

人生就像生意
付出的不一定有回报
但不付出，便一定不会有回报
际遇，那是上苍的事

我们只要善良罢了

亲情却必不是一场生意
当父母老去，希望儿女不要嫌弃
把菜汤和饭粒洒在衣服上的老人
他们走路蹒跚，想晒晒太阳
偶尔前言不搭后语
重复说一些你们听腻的话
——就像孩子们小的时候那样

一代又一代人
新生、哺育、成长、衰老
这便是代际传递


## 其二 命运

为了等待某个时刻
我把自己长成了一片树叶
紧盯着过往的风

昨晚的风真大
把整个森林的忧伤吹得七零八落
一片叶跟着风一直跑
月亮早走了，但一颗星还挂在天际
如漫长岁月，这便是
树叶的宿命：等待与追逐
这也是命运

然后交给贪婪的时间，吞噬一切细节

# 影子越来越长

人的世界
如一幢二层小楼
一层是客厅、餐厅
二层是卧室、书房

其实还有地下室
不是因为黑暗而孤独
而是因为孤独而黑暗
黑暗如同地狱
已建十八层
在建十八层
报建十八层
构思十八层

只有暗夜走过路
人才能认识自己
人存在的唯一目的
是在纯粹的自由的黑暗中
点亮一盏灯

阴为阴，阳为阳
光明与阴暗势同水火
光明消失阴暗疯长

心中有光
阴暗就无处躲藏
那些牛气冲天的人
没一个不从无尽的黑夜中爬出来

# 人至中年

## 其一　中年心境规划

人到中年，半卷闲书一壶茶
与茶相遇，一缕茶香，一份静好
撇开琐事，绕开芜杂
品出清闲，品出宁静
与书相遇
一半睁眼偷窥他人灵魂
一半闭眼冥想自己内心秘境
品味各色人生起伏跌宕
不担心，外面喧嚣扰了心性
不烦心，窗外阳光惊扰了清凉
无惧而坦然
他人一小时，我一生
生命太短，聪明太晚

我学会了散步可以牵着蜗牛
还有在石头上雕刻佛的冲动
不知不觉敲打上去
越来越沧桑还不失慈祥的脸
纵然人生千般滋味
与茶与书相遇

便有了繁华后的内敛安之若素的淡定
于人间烟火中
于柴米油盐里
寻找诗意


## 其二　余生很贵

人至中年
只剩下半杯水
余生越来越金贵
没有了酒溢茶满的从容
一切很赶

做人
不再为了取悦别人
不如在有限中丰富自己
做最优秀的自己
才能遇见更好的别人
你若盛开，蜂蝶自来

做事
必须做点实在能沉淀的事
自己的事自己做
不用人家的脑子来思考自己的人生
投机取巧，不如踏实稳重
厚度决定你的高度
高楼需要地基牢固
努力踏实，万事可为

余生很贵，所以善良要带点锋芒
总是心软，心软只对懂珍惜的人
总是宽容，善良要给懂感恩的人
不是看破，而是看透
赤膊上阵与一味退让
都辜负了中年的睿智

别太过，给自己留条退路
别太较真，给人留点面子
不狂妄，不奢望，干干净净
不浮躁，不取巧，踏踏实实
与人往来
互相理解，将心比心


## 其三 海阔天空

一颗沉寂于淤泥 7000 年的莲子
居然在实验瓶中发了芽
当年跨父追逐太阳用的拐杖
插在泥土上，居然长成了森林
一只混在小鸡群的小鹰
偶尔仰望着天空

无数次
我默默地走向落日
冬日的余晖辉煌而壮观
温暖却遥不可及

我曾怀疑我

是走在沙漠中
从没结果
无论种下的是什么

但我一直没回头
只是努力朝前奔走
然后发现
前方真的有绿洲

人生的海阔天空
都是在一直勇敢之后
要拿执着
将命运的锁打破

凌晨的窗口
失眠整夜以后
看着黎明
从云里抬起了头


## 其四 中年感怀

人如深谷的花
悄然开，静静落
人生如旅行
艰辛一路，风景一程
人生如走路
左一脚为生存，右一脚为承担
目光所及，就是境界
思想莅临，笑一个吧

没人会爱上你的愁眉苦脸

到中年，才明白
生命不是活给别人看的
别以他人的眼光为尺度
爱恨情仇
其实都只是对活着的自身

别说，这个世界无情
全世界都在说放弃的时候
是谁把光阴剪成了烟花
一瞬间，看尽繁华

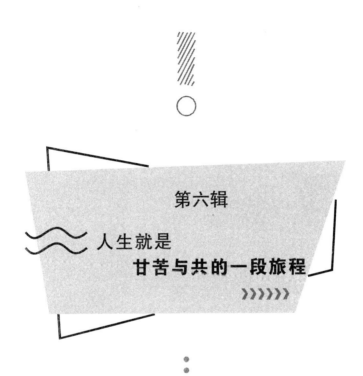

第六辑

人生就是
**甘苦与共的一段旅程**
〉〉〉〉〉〉

# 还挂在树上的那个栗子

树叶、繁华、喧嚣早已私奔
只留下了你，挂在秃枝的高处
秋风里，瑟瑟
还剩下无穷凄凉的夜
你被遗弃了，是早产儿还是延期妊娠

秋风携着阳光，问候你，温暖而遥远
黑夜急匆匆地缝上黄昏
对面的一盏灯亮了，那是夜的灵魂
你只是笃定打坐
或是安然入睡，关上篱笆

别忘了自己的初心，使命
你包裹的是岁月盛大的荣光
满腹尽收日月光辉
还有正在成长的梦
你大器晚成，还是故事的主角

你的故事才真正开始！因为
生命从来不弃自强不息者

# 成人的生活

你对，不代表不能认错
别人对，不代表你就有错
撇开这些个执念
你才真正成熟

有时真想大哭一场
却不知为什么
为别人，太自以为是
为自己，又老大不小

小时候，笑是一种心情
成人了，笑是一种表情
小时候，我们可以
哭着哭着就笑了
如一边下雨一边天晴的天空
明亮清澈，一览无余
如今，我们笑着笑着就哭了
压抑，不允许任何放肆
我们终于到了童年最羡慕的年纪
但不是小时候最想成为的那个自己

生活有时如一场单相思
密码错误，输入一万次也是枉然

你拼命喜欢的对象
如果他不爱你
你做多少都是徒劳
他顶多只是觉得有些亏欠

成年了，成人了
我们躲得过对酒当歌的夜
却躲不了四下无人的江湖
生活早就准备好赛道
不会问你是否愿意

算了吧，成年人
抓不住人世间的美好
就装成万事都还遂顺的模样
往前走，继续走

# 蜜炙的话与酒炙的话

已经好久了
我还记得母亲的唠叨
有数不清的嘱咐
被我用一只酒壶盛着
酒为百药之长
酒炙过后
念起来
母亲对我说的话
味苦而心不安
这应是我的良药，长期有效
但我不是别人夸的孝了

有很久一段的时间
你也对我说了很多话
包括埋怨，或者呵斥
我都一一记下
用蜂蜜泡着
姑且就叫蜜炙
时常拿出来
也能装成甜蜜的样子
用以抵御与搪塞
人人却夸我是个合格的男人

# 愿您 来年放过自己

过去的一年，野心膨胀，寻思
游过新疆，跨过太平洋
接个大工程，银河上修天桥
好让牛郎织女坐上高铁去约会
还去月宫给嫦娥装太阳能

一种落差，叫壮志难酬
一种失望，叫能力配不上自己的野心
辜负了曾经受的苦难
想如智者说，珍惜当下，来年
放下一切纠缠与遗憾
不念过去，与自己和解
愿来年，让过往
负担成为你新年的礼物
苦难照亮前方的路

愿你余生不悔，所往之处阳光灿烂
愿你执迷不悟时少受点伤，幡然醒悟时色彩依然
愿你赤诚善良，快乐不需假装
就活成自己想要的模样
成为太阳，无须仰仗谁的光芒

愿你早日领悟这世界的深意，然后开启自己的快意人生

# 唯一能做的　便是允许

我知道感冒的致病因素
有风寒、有风热、有暑湿、有气虚
大千世界我只得允许寒风唱歌
寒热要轮回，暑湿要冒头
气虚要登台
我不是金刚之躯
我允许，事情如此开始
如此发展，如此结局

所有的事情，都是因缘和合而来
一切发生，都是必然
我只是喷嚏，咳嗽而已
若我觉得应该是另外一种可能
伤害的，只能是自己
比如，我免疫力低下
或由此遭遇肿瘤
我唯一能做的，就是允许
很多时候，颠倒一下视角
会发一个新的世界
我们站在哈哈镜前的时间真的太多了

我允许别人如他所是
我允许，他有各种所思所想

如此地评判我，如此地对待我
因为我知道
他本来就是这个样子
在他那里，他是对的
若我觉得他应该是另外一种样子
伤害的，只能是自己
我唯一能做的，就是允许
有人让你痛苦
说明你的修行还不够

山林无须向四季发誓
荣枯随缘
海洋无须向沙岸承诺
遇合随性
你我之间，语言都是多余的
缄默难道不是很好吗

我允许我有了这样的念头
人生给我礼物
每一个礼物用厚厚的困难包裹
一层接一层，如洋葱
因为我知道，剥开之后
最后总还是有一点，哪怕再小
但不至于无

我知道
没有嗟来之食，没有唾手可得
否则，不是得而忽失
便是奇祸相遇
这样的礼物，伤害的，只能是自己

我唯一能做的，就是允许
上苍是公平的
关一扇门，必开一扇窗
一个侧面你痛苦，辩证法说
另一个侧面却是天堂

我允许我升起了这样的情绪
我允许，每一种情绪的发生
任其发展，任其穿过
情绪只是身体上的感受
本无好坏
越是抗拒，越是强烈
若我觉得不应该出现这样的情绪
伤害的，只能是自己
我唯一能做的
我允许我就是这个样子

我允许，我就是这样的表现
我表现如何，就任我表现如何
因为我知道，这就是允许
有的时候，这只是一场独角戏
到最后，伤害的或感动的，只能是自己
只是经年的累积与积淀而已
真正的我，颇具智慧
若我觉得应该是另外一个样子
我在转圈，世界很大
我往前走，世界很小
现在这个样子
为模糊的世界担忧
伤害的，只能是自己

我唯一能做的，就是允许

我是为了生命在当下的体验而来
在每一个当下时刻
我唯一要做的，就是
全然地允许
全然地经历
全然地享受
看着，就只是看着

# 一株叫看客的树

一株树，我不知道它的树龄
爷爷说，先有树后有他
我，半生已过
酸甜苦辣品尝过
悲欢离合经历过
匆匆如人世间过客
这大树如一个旁观者
不语
还是如同从电视里看沙漠风景
无法感同身受

也许，树也很羡慕人类
即便生活再荒芜
美景也如画
有意想不到的高耸与壮观
日出与落日，染红沙漠中每粒沙
没有树木，也有沙鸣如乐
还有湖泊，干枯抑或盐碱湿地
单纯的颜色，独特的温婉
不是传说的洪水猛兽

我们是这人世间的过客
来不及咀嚼酸甜苦辣

来不及让悲欢离合发酵
一路匆匆地奔走
为生活，为家庭，为五斗米折腰
失去了初出江湖时的天真

# 日子需要好好过

想吃什么就马上去吃
想做什么就马上去做
年岁大了，经不起等

日子如头发
每过去一天，就拔掉一根
曾经的秀发如云
到如今已不堪半壁
或者，在夕阳里舞起了白旗

还是多关心健康吧
身体的零配件只会越来越昂贵
且请珍惜眼前人
到了这个季节
田野荒芜，花朵逐渐凋零
你看，重要的人越来越少
留下的人越来越重要

# 哪件工作会不辛苦

我们很羡慕逆袭

地至低处为海

人至高者为王

世上没有一件工作不辛苦

没有一处人事不复杂

绝望成为希望

穷则思变，绝地反击

你排斥现在的不愉快

光阴也不会变得缓慢

不要随意发脾气，谁都不欠谁的

越努力越幸运

只有在绝境中

才有绝美的风景

有了足够的内涵和物质做后盾

人生会变得底气十足

你看

世上没有无缘无故的爱

没有一蹴而就的成功

# 一次碰壁给你一点清醒

生活是什么
我常问自己
还未学会成长
却发觉已到中年
忽然会明白
生活就是让你把苦水吞进去
把泪水憋回去
把汗水抹下去

从骄横，逐渐变得和宁
从为些许小事矫情，到慢慢冷静
你知道了什么叫值得
懂得了放弃泪水涟涟渴望同情
你知道了什么叫沉默

年少时
你可以在荒野狂奔呐喊
现在
只能默默地走向昔日的辉煌
同样，在那块荒地上
有人说你变了
有人说你淡了
你不再任性，你很少冲动

你仿佛已经百毒不侵

生活，一次碰壁
会多一点清醒
感情，多一点心痛
便会多一分看轻

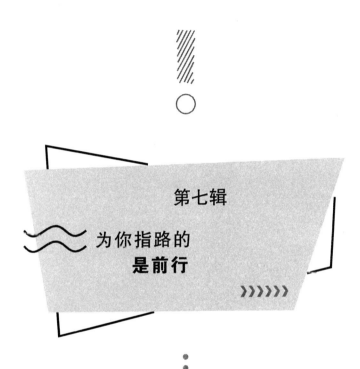

第七辑

为你指路的
**是前行**

〉〉〉〉〉〉

# 路只是一个方向

走的人多了
便成了路
路只是一个方向
奔往前方
有人把路掰直
有人绕道走

生活之路
有人越走越窄
越走越荒凉
不是心中所盼
没有装上星辰大海，春暖花开

且问，心底有没有方向
双足是否害怕荆棘
心和脚的方向倘若不一致
那走到哪里才能收获欣喜

# 一缕精魂

我从九嶷山路过

九嶷山下有座舜帝陵

一条小溪清澈欢跃，说
我没有躺赢的命
奔跑才能使我获得生命

山间乔木挺拔入云霄
它们笑着摇了摇头
如果，不往上生长
野草一会儿就高过我的头颅

在舜帝陵旁，我感叹
这个民族的霸气与威武
天既然破了，且自己炼五彩石来补
民间疾病，可日尝百草来治
洪水滔天，建渠疏水

多么壮丽的故事啊
在东海淹死了，就把东海填平
即使挽弓射日
劈山救母
也都是天地间
最威武不屈的精魂

# 你给予生命的色彩

如果你拥有财富
拥有权势，或者美貌
那也只是外在的光芒映衬了你
切莫盲信他人的崇拜

我们每天照镜子
莫忘了，看看镜子里谁
又能为谁带来幸福和安宁
问一问
生命的意义在哪里

倘若，倾尽一生走在海滩上
经不起潮水轻轻一抹
谁能记得，这人世你曾经来过

生命本身或许并无意义
且还是那么短暂
那就让我们用自由与美丽
一层又一层地给生命镀上色彩

# 姓名就是一种信仰

请热爱你的姓名
不问其是否动听如乐，惊雷在耳
它是一支终生相伴的歌曲
给你定位，给你颜色
给你一个笃实的坐标
姓名是个符号，也是你的面具
是你的身心和行为，融为一体

请铸造你的名字
让一个名字成为一颗种子
曾经，风华正茂
此际，硕果沉沉
以后，笑容满满，那都是你

请捍卫你的名字
从幼小的时候，一直到年老
无论身份低微还是位高权重
不管是在城市还是乡野
你的姓名，便是你的旗

要记得
让姓名成为一种信仰
不做任何可能亵渎它的事

# 坚持是唯一的装备

一段路，走很久，依然看不到希望
是否要改变方向？我问心很多次
一件事，想了很久，依然纠结于心
是否要放下？我问心很多次
一些人，交了很久，看不见真诚
是否离开？我问心很多次

我选择了行医之路
研读《黄帝内经》
中年还在谈选择与放下
这肯定不是喜剧

竹子熬五年，才生长几厘米
五年后的春天，它便能有冲天之势
五年的蛰伏
建立一个根系王国
一切，都是在默默中潜行

就像一副好药，要用砂锅慢慢熬
不能用高压锅炖
人生如同熬药
熬过去出众，熬不过出局

走百里者半九十
走完最后一公里
尤为困难，越需坚守
你看，坚持才是成功者唯一的装备

# 一滴不认命的水

我只是洪流中的一滴微渺
被裹挟着，被推搡着
总想伸长脖子浮出水面
呼吸，看看水面的世界

不认命，希望大鱼是贵人
拱我离开水面
但我的思虑又太沉
从鱼脊上滑脱

不认命，希望飞鸟是贵人
把我从浊水中啄出
但我又太脆弱
往往从鸟嘴中碎落

我是一滴水，依然在水上
悬崖口
我涌成了激流中的一颗闪亮
纵身一跃，就看见了大地

我汇入激流，遇见礁石
就成了激浪
立在潮头

纵身一跃，就撞到了天空

一滴水有一滴水的前程
不认命，就得拼命

# 做个普通人也是技术活

豆腐做硬了是豆腐干
做薄了是豆皮
做稀了是豆腐脑
忘了做是豆浆
卖不出去，长毛了是臭豆腐
古往今来
又有多少人能做好豆腐

曾记否
大豆行业曾成群结队去日本
考察学习豆制品的制造
豆制品的技术含量不低
做好豆腐也不容易

生活中
没有魔术
只有百炼成钢
人生
没有容易
只有努力
做个普通人
也是个技术活

# 决定由决定来决定

一个人无论活得多宽
人生只是一根线
昨天永远过去
剪去，明天还未来
剪去，今天才是真实的娇嫩的水珠
一滴接一滴，一生盛装成
一个水洼，一个湖泊，一个大海

人生的每个今天
都是唯一
短暂易逝
会看者，处处是生机
不会看者，处处是困局
想得开者，处处是春天
想不开者，处处是凋零

做什么样的人
走什么样的路
过什么样的生活
决定权在自己

非由天纵的能力决定
而是由你的决定来决定

# 如何发光

太阳足够大
阳光也不锈
晒穷人，也晒富人
晒善良人，也晒邪恶人
可谁就能说阳光很公平

地球是圆的
不代表这个世界就必须公平
一切际遇
都是自然的反映

水母成了发光的鱼
萤火虫提着灯笼满夜飞
何时起，人间便有了一干人
自带阳光

每个人都能成为太阳
发热，发光，发狠
给人间以爱和温暖
或者炙烤大地

# 生命不能逆向行驶

叶枯了，来年长出新叶
只要树身不枯死
草枯了，来年继续发芽
只要草根还潜活于土中
花落了，明年还会再开
只要花开的季节复来到
而人，只有一次生命
无法重来

人活一次，不容易
没有想象中的幸福
哭着来，也不能笑着走
品尽酸甜苦辣
面对生老病死
要争取快乐，要抵触悲伤
身心疲惫，还得咬牙坚持

生命只有一次，别活得太累
一生的坎坷太多
谁也无法预知下一秒有何事发生
我们能做的除了珍惜当下
就是做好自己

珍惜得到的幸福，别等失去再懊悔
珍惜所有的付出，别轻易喊停
因为失去了找不回来
放弃的无法重新拥有

健康地活着
人生，就是一场较量
生命只有一次，别活得太累
生命不能逆向行驶
人生也不会卷土重来
好好珍惜活着的每一天

能微笑别抱怨，能休息别拼命
我们只活这一次，只过这一生
别让泪水代替笑容
别把健康透支为零
生命只有一次，别活得太累
累了就去休息，别咬牙硬撑
困了就睡一会儿，别熬夜太久

生命只有一次
也不能放纵与贪婪
人生以不缺为富，以有求为贵
真正的富有
脸上时时露笑容
心上常常高兴
好好爱自己
这个独一无二的自己
让这一生平淡且幸福
让每一天精彩且轻松

# 用心才是生活

人生
用心才是生活
不用心，就是活着

时间
珍惜就是黄金
虚度，就是流水

书本
掌握就是知识
不翻，就是废纸

萨特终生从陋室望着窗外
窗外只是一块空地
这块空地成了名胜

一位老太放弃去避暑
只因照料了四年的植物
此期正要花开

用心过，每一时都是真情

# 丰富自己

婚姻讲究门当户对
交易讲究对等
不要说忘年交
但有某某圈之说
不要说势利，事实如此

不去追一匹马
用追马的时间种草
待春暖花开时
就会有一群骏马任你挑选
不去刻意巴结某个人
用暂时没有朋友的时间
去提升自己的能力
待到时机成熟时
就会有一群同道与你同行

朋友从来都不是求来的
圈子也不能太将就
唯有不断丰富自己，像一面旗
才能让人看见你的颜色
正如努力花开，静候蜜蜂到来

第八辑

真正愿意
**朝你走来的人是谁**

>>>>>>

# 不能总借用上苍

上苍有爱
上苍无所不能
上苍不是执行者
上苍不是罪恶的赦免者

上苍说
从来没有馈赠
一切只是借用
只有玫瑰枝盛开的才能是玫瑰花

走过山，走过水
我们借助山水，走过生命的旅程
无论山有多险峻，水有多辽阔
行走，却必得是自己的事

在时空的罅隙苟延残喘
平民也会有英雄梦
那不能靠上苍的安排来实践
接受命运，但要变得勇敢

幻想，只是自己给自己安慰
我们都得努力，不丧失信心
凡不能杀死你的

最终会使你强大
我们必须站在生命之上
热爱这个世界
才真正地活在这个世界上

# 善良是一道斑马线

请不要丢掉善良
世界可以混乱，内心，不可以
前方的路干净，未来才能有希望

人生之路，所遇光怪陆离
嘈嘈切切，熙熙攘攘
一组红绿灯，几道斑马线
便让所有人明白规则

人生
也不是所有的话，都适宜表达
若伤人，不妨就藏它在心里

就像风
把秘密交给树叶
树叶就不会把秘密再交给远方

这世界需要斑马线
它就像是善良
才能渡人由此岸安全地抵达彼岸

# 诚信方得尊严

诚信是金，一诺千金
你骗的，都是信任你的人
骗你的，都是你信任的人
别辜负诚信，因为一损俱损
失去的，便不会再归来

一个人如高山流水
信你，你便高高在上
不信，你便身如弃履
失了诚信，再难有上升的机会

再穷，不要欠钱玩消失
再难，不要说话不算数
再忙，把话说明白
堂堂正正做人，明明白白做事
珍惜信任，因为，可信，是你人生最重要的价值
人生谁不会遇到点困难
只要踏踏实实一步一个脚印
有信，方可以柳暗花明
一切美好，都可以从头再来

诚信是社会的共识
社会进步再快，诚信都还是纯金

# 听到玫瑰花瓣的凋落

前一滴水清澈，后一滴水清澈
两滴清澈的水之间
隔了一滴透彻的水
怎么相望也融不进彼此
只好一前一后奔腾向前

左一株树葱茏，右一株树挺拔
两株树，遥相望
之间被一垛玻璃墙隔离
只好咫尺天涯，相顾无言

曾最好的我，曾最好的你
隔了一整个青春
奔跑，跨栏，跃不过的时光
只好挥手，道别

造物主日复一日地修剪
一切往复和交集
隔月亮于西起，隔太阳于东升
萌动一个晨，又绚丽一个黄昏

你说你送给了我玫瑰
我确实听到了，那是花瓣凋落的声音

# 岳阳楼的傍晚

万顷烟波，如大道无言
风吹雨，岁岁年年
亘古的，日月星辰
千万年，蒹葭苍苍
它饱浸唐诗宋词
还饮下了李白赊来的月色
曾雨泣花愁的洞庭龙女
应已找到柳毅

人生，如登岳阳楼
短促，曲折
几个瞬间，几个顿悟
恰如岳阳楼，一层有一层风光
繁华与落寞
最后消融，在浩渺的烟波里

凭栏远眺
万顷烟波如风
休问荣枯
只道曾经

# 有你就圆满了

想告诉你，这世界仍有许多美好的东西
黎明时簇新的太阳，微风与树叶的呢喃
新鲜的泥土，冬日的暖阳和温暖的被窝
坐不稳的初春，桃李看见就想开花的懵懂
六月的青梅，盛夏树荫下休憩的井水
仲秋，每片树叶都染成了花
燃着故事的篝火，蓄满了诗的月华
儿童清澈的眼波，少女绯红的酒窝

还有我
正拥有一个简单得不能再简单的孤独
坐拥同一片天空
不缺清风与黄昏，流水与篝火
还有一壶老酒，一支叫《see you again》的歌
这人山人海，我独缺你
一路上笑靥如花

# 免费的灯火

所有美好的都是免费的
阳光、空气，还包括泉水

你看，山野绚烂的秋景
远比画廊的山水画生动自然
还有着天然的宁静

你最欢喜春天的海
海滩就在那里
你喜欢夏夜的凉爽
家乡那棵元木树，还有呢喃的微风
秋雨中弥漫的桂花香氛
这一切都免费

假如冬日太冷，色调单一
你无限惆怅，我会说
兄弟，我能留给你一个烤火炉的位置
还有一扇敞开的门
这里有热茶，和可亲的灯火

# 思念十九岁

一袭粉红，站在家乡的夜色里
星星缀在苍穹上，闪烁
你说，生命的美丽在于追求
十九岁扬帆，去远征
却早早殒身于滚滚红尘

我似痴情女子，苦苦地等待
一次次幻想着
你只是坐着小帆船漂泊在某处
为什么别的事所羁绊
有一天，你会不经意间出现
赴我们曾经的海誓山盟

十九岁，浅浅遇，深深藏
你可懂我后来所有的颠沛流离
半生悲凉
风雨中一人撑伞
踏破山水在陌巷之中寻寻觅觅
却天各一方，后会无期

霜华渐浓，我就站在树下
听黄昏里那幢破楼传来的钟声
杂着残败记忆溅起的涟漪

看西风把对你的思念
刻上
一片叶子接着一个日子

你看，风起了，秋又凉

# 袜子的悲歌

写好一首诗
如以裸足示人，赤诚得无任何保留
你固执地说这双足沧桑如破船
得送双袜子以修饰风风雨雨

为何不送一套行头，让他光鲜亮丽
为何不赠一双锃亮皮鞋，让他招摇过市
世道只知鞋有迹
即便破如沉舟，也让人敬佩有加

可你偏偏送他一双袜
谁怜袜破汗中湮，自惭形秽
就是袜子的宿命

从来路远险还弯，任凭践踏
如同世间那些心痴的女子
嫁鸡随鸡，嫁狗随狗
终日辛劳常汗透
夜来疲惫，时常掩泣宿空房

自古多是薄情汉
从来痴女便如袜

# 一生雕琢

爱情不是选择题
也不是必答题
有人以一生雕琢
以爱情，做一生的事业
一生奉献，成就美满的婚姻

车与车相撞是祸
人与人相遇是缘
千万人中，多看了一眼
或者就是一生一世一段佳缘

成一段美满的婚姻
这定是命中注定的缘分
不然
茫茫人海为什么偏偏遇到她
能握住她那双温柔的手

季节的流转，秋来得总会有些薄凉
细雨来了，你还在等她
伞下，这样的时分最适合回忆
光阴，就散落在风中
曾经的美丽依旧美丽，你眼中
春风十里不如她

岁月沉香，安逸
秋叶落了，你在窗前等她
雪花撩开风情万种的夜色
她的身影出现在楼下
你会突然发现，纵然年华老去
她，依旧是你的涟漪

数百数千上万个清简如水的日子
你们厮守
梦，呢喃
情，款款
无言处，片片阒阒，皆是心语
成就一幅绝美的画卷

一生雕琢
婚姻，于平淡之处
化庸琐为诗意

# 相聚

今夜的怀化，又是一场欢聚
请不要灌太多酒
多给我几个微笑就足够
薄酒，像柔风一缕
仿佛春天，温馨又飘逸

人生没有多少个
青梅竹马，同窗共读
岁月有情，我们一同走过的青春
时时装饰我的梦境
人世间居然还有这么美好的留恋
岁月无情，不肯重复一遍青春
就只能许我们将情谊酿造得清澈而醇香

我们走了很长的路
到如今，凭谁问酸甜苦辣
我们都只是一群鱼
不再迷恋哪方海洋
我们只是一群鸟
不再痴情哪片森林
但我们还剩下彼此，剩下友情
那就举杯，来吧，让一切都在不言中

# 谁也不是谁的谁

鸟飞了，枝头心疼
叶落了，大树心疼
云散了，天空心疼
你丢了，谁会心疼

谁能一天不见，就想你
谁能两天不见，就担心你
谁能三天不见，就会寻找你
扪心自问
真正惦记自己的人还多吗

总把别人看得很重
总害怕失去，害怕离散
不忍心身边的人受苦
但问问，谁又害怕失去我

鱼儿游走了
是水在哭还是鱼在哭
线断了
是风筝自由了还是线自由了
眼前那么黑
到底是天黑了，还是闭眼看

谁是谁的谁

谁又是谁的谁

谁也不是谁的谁，对吗

# 两手空空

无论如何去打捞
月亮依然在水中
无论如何踮脚
都摘不到天上星星

新的综合征不是更年期
说不上来的失落
道不明白的难过
理不清楚的交错
藏在心里的莫大委屈到了嘴边
又觉得不值一提，无足挂齿

没有了，说不定又有了
世界上根本不存在"不会做"
失去所有依靠
自然就什么都会了

无论你活成什么样子
都会有人说三道四
不如不卑不亢落落大方
只行好事，莫问前程
想得开，也就那么一回事
想不开，什么都是事

如果快乐不属于自己
为什么要把忧愁放在心上
你的幸福其实并不在别人眼里
又为什么要小心翼翼

经常笑的那个
可能并不是经常开心的人
生活没那么多剧情
靠谱的人花样不多
却能陪你过平淡生活

最远与最近
不是距离的长短
世界再大还是能遇见你
世界再小还是能丢了你

有些人，有些事，该忘就忘
人家从没把你放心里过
你又何必自作多情
有些事，现在看来不过如此
在当时，真就是一秒一秒熬过来

世界很奇怪
烟对你不好，你喜欢
酒对你不好，你喜欢
我对你这么好，你却不喜欢

在青春岁月里
唯有你深得我心
也唯有你最不识抬举

# 爱是一种相守

## 其一　身与心的七夕

牛郎在这边，织女在那边
七夕成了节

影子最忠贞，白天黑夜都跟着
凄冷的街上随着
孤单或者熙熙攘攘
影子不依不饶地跟随着
即便最最黑的夜里
也有影子如梦般在脑海中摇曳

身在此岸，心在彼岸
岁月成了河
波浪汹涌
现实如乱云飞渡

不知心在何岸，身在何岸
心想做一片云
飘在干净的蓝天上
躲开尘世的侵袭

心想做一尾游鱼
徜徉在清澈透底的山溪
远离污浊的河水

心想做一缕清风
自由自在漫步
在大江南北
逃避毒禽恶兽的围猎

心想做冬日里的一束阳光
慰藉寒冷大地
也温暖冰冷的自己

心想了很多很多
在此岸在彼岸
在梦里在虚幻里……

身与心在河中相遇
船再厚重也能远航
星空再高，也可以在水中闪烁

## 其二　鹅小二的爱情观

世界上不止一只鹅
一只武冈铜鹅成了鹅小二世界里的唯一
鹅小二说，他从此就喜欢牧鹅
他还说，以他的智商，他只能牧一只
再多一只，就数不过来
鹅食草

他就在一旁把嫩草上的露珠——弹落
为的是不让那只铜鹅食后腹泻
鹅丢失
他也就丢失了

# 你的祝福　淡而温馨

今天我接到你的
温馨的留言、默默的祝福
未曾刻意地关心与问候
胜过千言万语的表白。诚如
一丝真诚，胜过千两黄金
一丝温暖，能抵万里寒霜
一声问候，送来温馨甜蜜
一句祝愿，捎去万般心意

犹如春光十里，吹皱了一泓清水
淡淡的，却总能让人生出沁心的暖意
犹如把歌曲交给百鸟
把色彩泼向山川
把情感融进阳光，化成和风
铺天盖地送往人间

虽不知你的真实姓名
或许也未曾谋面
但此际，心里却留下一个身影
是你淡淡的牵挂
是你默默的关注
是你遥遥的祝福
定格在我永恒的记忆

成为一生中最美丽的风景

人生百味，情最浓
世事繁华，淡最真
在淡淡的日子里
让我们拥有一份淡淡情愫
用以抵抗
浮华尘世和喧嚣烟火

人生蹉跎，红尘阡陌
愿我们彼此
淡淡生念，在平凡日子里
淡淡生爱，在静默无声处
淡淡生情，在不语清幽中
感受淡淡的馨香
体会淡淡的情长
领悟淡淡的韵致
品味淡淡的芬芳
淡中识得人生味
淡中品得日月长
让岁月的记忆，刻画生命的精彩
让时光的行囊，装满淡淡的情长

最后，我真诚地祝愿你
在忙碌的日子里请照顾好自己

# 思念的月光如水

月亮以天空为野，驰骋
一样走出万里江山，繁花似锦
走出岁月荒凉，悲壮
也走出人间悲欢离合

今夜，月亮经海水洗浴后
奔向远方，寻找高冷
大地顿时波澜壮阔，起伏如海
那一排排险峻的浪头便是远山
大地浩瀚，惊心动魄

我在美得心醉的辽阔中
于皎皎辉光中
放飞心中的鹰，盘旋
度量海与远山的距离
奔向远方的你

挂念家乡，记忆的羁绊
是治愈伤痛，带来幸福的灵丹妙药

# 冬天的思念

风铃唱了一整天
天变得凉了
想你，一种温暖，一种幸福

今天阴雨
正好完成《凄美故事》的序言
目录也选好
就用——
立冬、小雪、大雪、冬至、小寒、大寒
为此，我特别去了一趟山间
问问是否准备好了冬藏
准备好迎接亮晶晶的雪花，星星
与妙龄少女的眼睛

叶子早已落尽
放眼望去，南山一片枯黄
唯有一棵柿树
挂着几个鲜红的吻
面对那么久的冷落
开口仍极尽温柔
于是我决定做一株柿树

这便是第一篇

要用来交代的苦难背景
即写下，一个冬天的开始
如此，便可承接下故事的忧伤
冬天的风雨很凛冽
磨损万物，如同时间

柿树早早遁去稠叶
只留下一树红彤彤的心果
大地已做好准备，要迎接一片空白
而我只得把自己的思念
碎成雪花，碎成分分秒秒
碎成数不清的星星

这样便能，更好地挂在你的心空

# 路过湘雅三医院旁的天桥

以梦你为养料
我茕茕孑立，长在水泥地上
努力挤出瘦弱的春绿夏荫秋实
只是不辜负某人

以风雨为养料
我在孤寂中踽踽独行
一路上歪七扭八
只是不辜负自己

路人拿一个硬币
丢进空碗
乞丐躺在冰冷的桥上
用瘦弱的身躯去暖和铁桥和冷风
你是路人，而我恰是那位乞者

走了好长的路
一直忘了问为何出发
兜兜转转，来到父母老屋门前

是谁把苦海掀起爱恨
让我在尘世间难以逃避命运

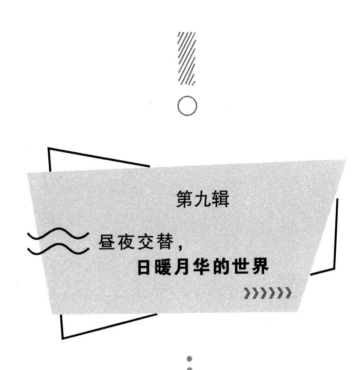

第九辑

昼夜交替，
**日暖月华的世界**

# 夫夷江的故事

夫夷江，经过回龙寺时
你擦亮了这座古镇的岁月
一分钟，一小时，一季，一年
恰巧我经过回龙寺时
看见了你的气质

从你的气质里，我闻嗅
藏着你走过的路
藏着你看过的云与山，还有沧桑
如同才华横溢的诗人
藏着你爱过的人

夫夷江，那江水
像熏风、像柔云、像夏雨
似阳光，似笑靥，似眼睛
时时现在周围
我明知道你正在某个地方

究竟是怎样的终点
才配得上这一路颠沛流离
我踮起了脚尖，极力想向上靠近月亮
只有月亮晓得
那同你一起走过的才算人间

# 泸沽湖初遇

旅游看景，如同
剥洋葱
一程风尘
一程劳顿
一程山水
最后却是空心
恰如爱
恰如忙碌的人生

泸沽湖是个例外
水把天空洗得碧蓝
苍穹是湖水的灵魂
湖水是苍穹的轮回
千百年来
苍山、碧水、白云、苍穹
相濡以沫
融化成神灵的一颗泪珠
挂在少女的脸上
把摩梭人的婚恋搓洗得
如泸沽湖水般清澈

# 崀山飞绪

一些清淡幽静之词
引诱出这方山水的秀美，和脱俗
因而我能站在这崀山之上
去邂逅谢灵运，谢灵运的诗
经山水养育了的
谢灵运的诗延长了崀山的山水

可我不是谢灵运，也不是诗人
无法将惆怅与失意寄托
只能捧读他的词句
借之以抒发相似的豪情壮志
读得气吞山河

可我不是谢灵运，不是隐者
只能浮沉在一个喧嚣的城市中
无法与世无争
曾在郊外种几株青翠的竹
却也学不会高洁
学不会隐逸泉林，纵情山水

我不是谢灵运，也不是旅者
能舍弃所有，义无反顾地旅行看风景
我害怕漂泊，会让灵魂无所依傍

且还有太多的牵挂和哀愁
让千山万水都承载不动

可惜我不是谢灵运，我还不够狂傲
天下才华共一石
曹子建独得八斗，谢灵运得一斗
其余一斗天下分
而我，只敢极谦卑地活着
不怯寂寞，不忘清新
在此处写下长长的文字
浇灌不了岚山与生俱来的灵气

# 与山风辞别

青山依旧
阳光依旧
世界却完全不一样
我要下山去了

站在高处
我与山风辞别
风从四面起

记得时常来
寺庙前的水塘
我们会种下莲

再来时，不必带琴
这里雨水多
也不必带伞
这里的莲叶那么大
只需带着一册《黄帝内经》

山风会把喧嚣洗尽
这里花开不问季节只问阳光
山下天际处

梯田万亩
稻香无路上山
乡野多姿多彩
恰如海市蜃楼
永远浮着

# 一座药材博物馆

一

起初，你只是一堆草木，一群飞禽走兽
还有那一轮山月和遥远的森林
在传说中清冷缥缈

然后你微笑着向我走来
在一个炎热的日子，浮云散开
携澧水三源之水灵
携武陵支脉之云雾
携八大公山日月之光辉
款款如节目盛装的少女
走进浓妆艳抹的药博会上

既然我循路前去迎你
请让我们在水草丰美的乡下定居
我会学着看桑植的云知气象
把风俗与文化都煮进
有着补益、有着营养
又能养生祛病的健康产品中

我想，所有的故事

都会开始在澧水芳香的河岸边
芙蓉千朵，诗心简单


二


四月，微风熏人
沿着河流我慢慢向山上去寻你
沿途是无边无际赤裸树枝
挂满厚朴浑圆的花瓣
恰是细雕着，一座石佛微笑的唇


五倍子花朵迸飞，大地呈现
万物欣欣向荣
有最熟悉的蜜蜂忙碌景象
在花开漫山遍野的八大公山上
我愿是谦卑无怨的蜜蜂
生生世世描摹桑植的甜美


三


这个世界，不知幸还是不幸
在千世的轮回里，能与大鲵相遇
世界版图上
两亿年来多少次风沙莅临
你还用珙桐为我们
埋下深深的线索
似乎风沙真的一直没来过

下山难，且在月明的夜里
斗篷山上为你斟一杯金钱柳
携你去山外，那曾经水草丰美的世界
古旧的神话已湮灭，只剩下
枯萎的红柳白杨及万里黄沙
请带上你的茗杯
饮一盏绞股蓝，滋润世界


## 四

天平山上，黄柏林的潮音在暗夜呼唤
胸臆间，是不可解的温柔
用浓浓的盐酸小檗碱，倾诉不完健康的故事
虎杖茂盛成堤，白藜芦醇构成了人体最结实的长城
面对翠绿的玉竹与饱满的木瓜
我斑驳的心啊，在传说与传说之间缓缓游走


## 五

在暮色里转身，你我渐行渐远
相信，我们会再次相遇
待你盛装，成木成石
奔赴在人群中，成了他们生活中的必须
以你的纯，淡淡地开在人体

鹅黄，柔粉，还有那鸽子花
像一幅佚名的宋画
在时光里慢慢点染，慢慢湮开

# 去湘西巡山

每个人心目中都有一座山
谁想逃避，就会躲进去
湘西就是这样一处理想之地
它能盛放自由的灵魂

奇峰如青翠的竹笋
三亿八千万年的时空
随意一处，便是十里惊天河
飞瀑流泉
如醇香佳酿的秀水，流淌在崇山之间
峰石亿年，钟灵毓秀
还像秀丽的山歌一样鲜嫩

这广袤的大地
曾经是无垠的大海
此际
山顶俯瞰，奇峰迭出，风云变幻
天朗气清尽收眼底
云雾缭绕于山腰中
一如传说中神仙居住的地方

湘西的大山像父亲
没有花哨的言语，沉默又可靠

更似一个称为姐姐的女人
婀娜多姿，春风万里
每一处树林、瀑布、石木
都是最笃实美好的体验

吊脚楼
石块、稻草、竹木修砌
围栏与周围的景色融合
祥和便流淌开来
这一切都融入大山里
蕴起一片山明水秀
山峪里的水潭，清澈见底
山泉水流经有美丽花纹的岩头
院内景色与山景相衬相融

初春的湘西正天青水蓝
山谷氤氲在清爽中
微风拂面，心中弥一片宁静
葱茏山色将心中的忧闷一一洗净
摘一些甜茶树的叶子
用泉水泡一壶好茶
画一幅水墨
或学做一樽湘西盆景
这些极简的风格
便能还原生活本该有的情趣

云起垂天翼，江动连山波
水流闲野逸，风吹探路坡
湘西的山水
足以装点我们的灵魂

# 与八大公山的相遇

这个世界，有那么多人并不了解你
你也并不能一一解释清楚
你能做的，只是用力活着
为那些爱着你，且让你也爱着的人
要站成一棵棵树，终成森林

无论春夏秋冬
你都清醒着，时刻告诫自己
再难也要坚持，再好也要淡泊
再差也要自信，再多也要节省
再冷也要热情
于是，你堆积了一个个精彩的故事
物产如此丰盈
丘壑之中
满是濒危的珍稀动植物
珙桐、娃娃鱼、铁皮石斛、白芨，或者野生天麻

地大物博，千里沃土
你的胸襟已是气象万千
已是万物共生
瑰宝累累成就着你的自信
也成就了一道更加充沛的风景
不只是那峰，那水，那石

你依然谦虚
并不期望仰视你的风光

万物不是用来妥协的
千万年来，你偏居一隅
林深人不知，明月来相照
退缩得越多
喘息的空间就会越有限
时光不能用来将就
表现得越卑微
繁荣就会逃离得越远

数千万年
在时光大潮中不亢不卑
你忍耐恒久
远比想象的更为坚强
能在这"闭塞"的天际之中
最终，耸立于人前

八大公山啊
在这个春天，我与你相遇
这便是最壮美的春天

# 于新晃的风雨桥上

桥的出现应该是一个奇迹
它将想象化为现实
成为路的延伸
连接一个世界与另一个世界
是对河流及沟壑的尊重及坚持

桥是横陈在山水间的一架琴
一幅画，或者一首诗
在如洗的天空之下
架一座七彩的虹
人们说那是天上的桥
天上真的也有桥吗

我站在新晃的风雨桥上
一座宛如少女笑弯眉眼的桥
山如眉峰聚
水如眼波流淌
桥横潕水上，如竖琴
桥下流水汤汤如丝线
桥上行人京如音符

夜郎古国的大地上
谁说得出它有多少座风雨桥

但这座侗地最长的风雨桥
已把过去、现在与未来相衔接
也把湖南与贵州衔接

桥，你窈窕的身影里有多少往事
何时开始陷入乡愁的诗行
为何又总把故事写得伤感
一曲清江，千条碧柳
那些曾在桥上洒泪而别的少女呢
还在打探你的消息吗

在薄暮中望尽千帆，望穿秋水
滔滔东去的西江水啊
你可流得尽满怀的幽怨
但一座桥，就能给你新的舞台
青山隐隐，绿水迢迢，漫漫岁月
你走过多少路
又踏过樱花第几桥

桥上桥下，桥南桥北
每个人都在不知不觉中路过太多的风景
你在桥上看风景
看风景的人在楼上看你
人生况味，就都在这桥上

岁月从古代走到今天
脚下有水流，头上有蓝天和白云
桥可入世也可出世
桥上的人也是
站在风雨桥上，我想

是风雨桥架通了时光的沟壑
让整个世界变得阳光明媚，春暖花开

谁，在桥那头，盈一眸浅笑，浅浅语
谁，在桥这头执一笔淡墨，深深藏
潕水河波翻浪涌，一朵浪花而
念晏家千年银杏秋黄
历史天高云阔，请再为它添一个传说

# 月岩的思索

随着移动的步伐，次第变换出
上弦月、满月、下弦月，月岩
空顶之空圈更宛如一轮满月悬空
岁岁年年依然如此素雅高洁
这是一个溢满智慧与灵性的岩洞
用屹立方式诉说天机
风景是如此开阔
如同人类思想
如所有的睿智都在这里闪耀
如所有的恬然都在这里流淌
亿万年，默默无言地彰显
一晃就到了周敦颐的岁月中

在月岩
一场天与海的对话
博大而深邃，从此拉开
看风景，就是看智慧
在风景中领略智慧
在这里，思想与时光纠结
历史深邃
月岩因此传奇

我站在东门和西门的正中间仰望

蓝天当顶，岩形浑圆
空顶宛如一轮满月悬空
素雅高洁，唯美至极
我，如坐井观天
突然惦记起周敦颐的破天荒一悟
想起"吾道南来，原是濂溪一脉
大江东去，无非湘水余波"
已悬挂在岳麓书院廊柱上千年
其狂傲令四方游人惊叹
使多少湘人油然而生一种豪情和自信

曾经，各地为周敦颐建祠立庙
神位从祀孔孟庙庭，与三山五岳并传不朽
南宋以降，文人墨客、官家士子负笈而行
奔走道州者，不绝于途
周敦颐之道衍化成湖湘文化基因
氤氲于三湘四水之间
历千百年而不竭
他的思想打破了时间的沉寂与喧嚣
甚至战胜了时空

人有两种力量最有魅力
一种是人格，一种是思想
周敦颐笔下，区区 119 字的爱莲说
定格成千年以来，不死的花朵
不能成为思想家
那就让我们做一颗露珠吧
在星光中为青荷添一份透亮
在晨雾里为大地添上一份滋养

从月岩下来，我驻足回望
看见的是月岩的苍茫与悠远
它智慧与风景相得益彰
构筑成月岩特有的文化与历史
因此，透过时间的烽烟
我们更能理解辽阔的群山
从而懂得，任何被时间湮没的
都不是真正的思想

# 一掬柘溪水　千年安化茶

是谁这么豪奢，在一个叫安化的地方
散了一堆堆翡翠原石
又是谁这么奢华
在这翡翠石上凿挖一个叫作柘溪水库的鱼缸
华丽重现东海借宝
这是一处胜似漓江山水的"百里画廊"
一岸茶，绿意盈盈
一岸山，千姿百态
湖中有山，山中有湖，山水相映，水碧天蓝

安化人对待乡土
一如母亲对待儿子一样
恰如冰碛岩的形成，内涵丰富
将那一片风吹雨打的薄片，味美醇香
在那杯玉液琼浆中
黑茶的黑有着让人沉沦的诱惑
如黑牡丹，如黑美人
到底是这片土地的独特
还是这片水的独特

在与沸水相遇之前
黑茶在吸纳天地之间的精华生长
压制包装之后

依然静养自然之气，发酵酝酿
它漆黑，坚硬，沉默
天生妙境，独自沉香


一杯好茶
不仅取决于茶叶
还和水有关，甚至和壶也有关
游子们在外品饮黑茶时，常感叹说
就差那江水了
资江水静而不语
穿行于崇山峻岭之谷
悄悄地奔入洞庭湖
茶马古道在马帮的脚步中延伸到世界的深处
男人需要烦嚣，女人需要安静
茶马古道是需要被踏响，还是需要安静


朴实的土地还孕育出陶澍这样的人
"经世致用"是播种于安化的民风
陶澍貌不惊人
却开启了近代"惟楚有才"的兴盛
他既能独善其身
又能兼济天下
被誉为"黄河之昆仑、大江之岷"


安化城弥散着茶味
丝丝发酵的气味
香甜而有暖意
喝一杯黑茶，百味回甘
心醴如泉，叮当流淌

安化茶舍，处处窗棂透光
茶具茶几、壁画刻文
无不折射出人文妙趣
于是滚滚红尘，碌碌苍生便远
在纷繁喧嚣的世事中
可静下心来品茶
将心濯洗得淡泊从容


这一枚枚，承袭了古老梅山灵气的叶
牵走了我的向往，吹走了我的心
我们相携一路，聆听花开，看岁月静好
路上，有你我相伴，赏美景，踏芬芳
这是个一切都可发酵的土地
更是一个孕育美好的地方
所以才能培育出
清代两江总督陶澍
云贵总督罗饶典
书法家黄自元
…… ……


今天，我站在柘溪水库岸边
隔着森森水面遥望对岸的那片茶园
这里曾花开满枝
这里曾硕果累累
无论那春那秋的繁荣
它都深锁于梅山那排银杏树那瘦瘦的枝干里
当作故事一圈一圈长成年轮
谁能佑护好相望的梦幻和春之孕
谁又能把相思还原
被寂寞击中，被劳累击中，也许是一种甜柔的痛

抑或我们忽略了这种幸福
汗水把眼睛和心灵擦得晶亮
守护着灵魂不灭的心灯
一直亮到来年春天

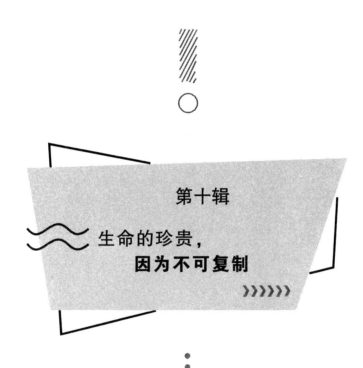

第十辑

生命的珍贵，
**因为不可复制**

# 都说你美丽

都说岁月是老板
一个个地诞生
都说靓女是鲜花
一茬接一茬

把青山浩渺看遍
独你天下奇绝
岁月经过时，正好盛开
有情人明眸善睐时，你含苞待放
是恰巧盛开在一连串恰好的鲜花

都说你漂亮
不是多情，不是天生丽质
而是，你把美丽交给了岁月
交给了时间，最终
交给了距离
交给了相思

你的漂亮似歌
追求者不再是赶路的脚夫
你的漂亮似醇香
追寻者自是成了流浪的诗人

# 不可逆之,敬畏

子欲养而亲不在
让人追悔莫及
日常漠视老人
葬礼再隆重，也难掩摧残
悔恨弥补
还是人前孝心表演
真实的孝，是和风细雨
持久的关心与守护
如同健康的养护
平时细悄地关怀，无声润物
而不是临终前的暴风骤雨
用去人生 90%的医药费

善待野生动物
就是善待人类自己
地球是个家园
不能只有人类一族
朴虽小，天下莫能臣也
蝼蚁虽小
生命也得敬畏
君不见：
可逆之事，尽力做好
不可逆之事，须多敬畏

# 狙击清明节

一条鲨鱼穷凶极恶
病毒肆虐人间
一群人的逆行
怀着大爱，无畏
还有十八般武艺，冲上去
人们甚至把鲨鱼锋利的牙
裹上亿万个口罩

一群人在殊死搏斗
多少亿只手在按着这恶鲨
鲨鱼还在咆哮
勇士倒下了
倒在 2020 年清明节前夕

因为有人奉献
有人牺牲
人们赢得了更多生机
这个清明
便少了许多泪水与伤悲

# 一粒种子

一只鸟飞向远方
撞亡在一块命运的玻璃上
危险居然能如此阴险却透明
鸟儿衔着的种子随鸟儿一同坠落
落在一小块裸露的泥地上
贫瘠也罢，肥沃也罢
就是这里了
你们这些脆弱的渺小的
悲惨的小东西

大地是一切物质的终极命运
即使大海那深深的海底
沙，或者石，还是连着大陆架
一切空中飞，水里游的
最终它的尘埃，也要落向大地
无论植物、飞禽、走兽，或者人类
高山、海洋、流星
哪怕是滚圆的珍珠
或者会发光的金子

种子
它只需一小块裸露的地
和着小鸟儿的血肉

它就能发芽，然后
去争取阳光和雨露
或者，那便是对悲剧的另一种回答

# 教我怎么不低调

我住着 40 亿万岁的地球
晒着 50 亿光年的阳光
回忆，当年夸父逐日的拐杖
被我削成一把长剑
从此，梦里我逐龙万里
验证了我穷尽一生
研制出的屠龙之术

太行如砺，黄河如带
等是尘埃，再不济
我长成一棵树
双手举起树枝
撕裂天空不成
也把黑夜戳烂
发亮处便是
星星和月亮

风雨很多，晴日不少
何种际遇
呵呵，一笑而过
天空越黑
星星才会越亮

# 真实地生活

前方的天空，云朵很沉
黑压压，湿答答，一挤就会暴雨如注
飞机穿过边缘，轻微颠簸
机舱内，有的人静，有的人忧

草原遥看葱绿，近看稀疏
显微镜下的蚊子小巧，极美
无瑕的玉石也有丝丝纹路
距离能改变人们的认知

时空会垒出山，汇成海
除了时间公正
人与人是有天壤差距的
努力，或者不努力
一个人就会有完全不一样的人生

没有大树可以依靠
没有捷径可以找寻
若恼了，也不要随意发脾气
生命有什么意义
或者没有什么意义
那都是后天自己的赋予
谁都不欠你的

学会低调，取舍间各有得失
要学着踏实和务实
坚信越努力越幸运
不羡慕别人的天价收入
一切都有其代价
你看得见别人的光彩
又看不见别人的苦

一个人，真实地活着
别哭穷，你的努力和金子一个价
别喊累，你的辛劳会藏匿着你的收获
别流泪，因为泪水并不解决任何问题
别只想依靠他人
因为这世间
最可靠的人，只有自己
你也别低头，低头了你的皇冠就会掉下来
使你再失去了自己的尊贵

# 蝼蚁

路的尽头，是路
只要继续走下去
没有什么路是走不完的

前方是高山
险峻的台阶每一块都很高
你不得不腾出双手，协助双脚一起攀登

横亘着的道路像条河流
泥泞如水
如何跋涉，你才能平安抵达通途

黑夜，笼着
世界如刚刷了黑漆
你怯懦，每一步都怕是错

人如蝼蚁
谁也算不出前程是否远大而明亮
所以别怕，别怕路的尽头，仍然是路

# 生命的意义

春生万物
桃红洇染花朵
美，也能是一种成功
成功有一千种美的方式

炎夏莅临
蛰伏的蝉破土而出
开始昼夜大鸣大放
它是为了谁
难道不是为了谁

别说秋空一无所有
人生如波
一浪翻过一浪
谁说生如苦囚般沮丧
你看潮水送给沙滩的礼物
都是多么美多么美

# 我悄悄地说

今天是一年的"三末"
周末、月末、年末
我悄悄地说
往事清零
余生，爱恨随意

转眼，过去的一年过完
时间来不及细算
过往来不及细看
甚至这一年都没对自己好一点
不知不觉，就这样走完
新年来临之际，送自己八个字
往事归零，爱恨随意

年末，往事清零
过去再好，回不去
曾经再美，已逝去
过去是风光还是辉煌
曾经是幸福还是忧伤
都不重要
重要的是活好当下，开心度过每一天

人生，不要给自己备注"疲惫"

因为不累都会看着累
自己放过自己，不防标记"快乐"
不管生活多苦，日子多难
都要微笑面对，乐观向前

# 来自心灵的温度

人生中
为烦恼所扰，为痛苦所磨
偶尔去医院看一看
偶尔去殡仪馆瞧一瞧
偶尔去贫民窟遛一遛
身上的烦忧，可以散去十之八九

诸多烦恼，来自
欲望之火被点燃
于是烦恼来敲你的门
让你计较得失
贪求无限
于是，痛苦便会来缠身

不幸可能来自错误的追求
烦恼往往源自攀比
痛苦可能因为不知足
心情好就一切都好
自觉快乐一切就都快乐

最神奇的习题就藏在这里了
人一生能收获多少快乐
取决于对待他人的温度

# 给你一个干净的秋天

薄雾升起，在窗外
窗外还落叶飘零
既无风雨，也无晴

一间斗室
地是水泥地，本色
墙壁白，本色
一桌一椅，斑驳陆离

一茶一狗
茶水刚好斟满
狗静静地趴在脚旁

置身于这一隅
手捧的书，能抵过
世间所有的繁华

此时，我不害怕孤独
只关心健康与生命
在这个干干净净的秋天里

# 一生何求

打开一本书，阡陌纵横
如同在家乡的古道
洒满了阳光
温暖，覆盖我每一寸肌肤

如今落寞的古道
已经历了无数
突如其来的繁华和荒凉
又被两千多年风雨所酝酿

我知道，深谙歧黄的传人们
无论
寒冬落魄，都还在
在春暖花开的季节，也在
曾辉煌的古道上，独自落寞

今天，是我蹒跚在走
远处山色依旧，厚重而迷茫
在古道边亭里歇息
我躲过一场雨
也看了一处风景
坐在古道旁那口古井边
我掬一口井水，觉得一切皆美

# 我是一名中医

中医说，百病可治
损其有余，补其不足

一棵树病了
把脉树影
司外揣内
中医说：
症同药石可同
无论何病
症不同药石必不同
即便同一个病

中医说
平衡与辩证是核心
大道至简，似圆，似太极
容得了万物，藏得住古今

# 健康才是一味人生大补之品

人活着，何必太清醒
三分糊涂，七分精明
做粥三分米，七分水
喝酒三分醉，七分醒
饮食也是三分饥，七分饱
做事三分为已，七分为人
对朋友三分认真，七分宽容
对家庭三分爱，七分责任
三分七分，是人生掂量

人生很短，别把自己亏待
岁月不长，别让自己愧对
存折上的数字，不是荣耀
地位高低，不是永久
生前纵有金山银山
死后，一堆废纸
生前高官厚禄
死后，一堆白骨
唯有生活得健康
才是人生财富

钱财如一味中草药
味甘，性大热，有毒

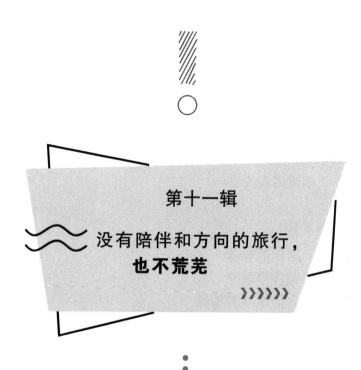

第十一辑

没有陪伴和方向的旅行，

**也不荒芜**

# 确实还有诗与远方

你站的高度不够
满目不是山河
而是一堆乱糟糟的问题
你的格局不大
挤占你心胸的
不是丘壑纵横
而是一地鸡毛蒜皮

人一生不长
不要在意眼前的苟且
还有未来的诗和远方
远方的山河，远方的风景
远方夜的味道，远方月的味道
还有祝福的味道，期待的味道
都酿成深深的思念与记忆

人生需要一点仪式感
远方与诗是人生美轮美奂的仪式
否则只有柴米油盐，酸甜苦辣
喜欢同样藏在形式里
譬如今夜的诗词朗诵

走多远，一定要保留诗心

人生最远的旅行，是从
自己的四肢，自己的身体
到自己的内心，到自己的心灵
所有的人会有老去的一天，诗却不会

# 高处的风景

高山的夏天似春天
葱绿而艳冷，似冰镇西瓜的味道
这里的秋天来得更快
满山还是金黄，雪花就闯过来
还好，秋风万里
只漫步于树林，不曾磕磕绊绊

恰如人世间
还未品尝够
就得告别繁华

笑声中迎来生命
哭声中告别人世
眼一睁一闭便是一天
身一起一落便是一生

生命只是一吸一呼，美妙
不是昙花胜似昙花
生命就是空心玻璃，易碎

# 心是可以放空的

大地有山谷，海洋有波浪
看山，看海其实也同样
山的巍峨，磅礴，高耸九天
一座座相挤，一排排相连
与海浪也没有什么区别
只是，一个长在大地，一个飘在水上

一个日子连着另一个日子
是峰连峰还是浪接浪
喜为峰谓之阳，忧是谷谓之阴
荣为峰谓之阳，枯是谷谓之阴
人世间遍地炎凉阴阳事
阴阳，万物之纲纪
一念起，为峰；一念灭，为谷
千峰万谷
一瞬，就是咫尺天涯；一瞬，也可能天涯咫尺

我们生而有翼，为何要匍匐前行
如蝼蚁，迷茫于峰谷之间
如落叶，随波逐流
心，不妨放放空
空如天，胸中方有丘壑
宽如海，世界风平浪静

# 不知何时

不知何时，我喜欢上了夜
喜欢上了夜的寂寞
喜欢上在夜晚的街头上踽踽独行

不知何时，我发现夜不能入梦
梦中的梦碎了
梦中不识他乡路
梦中他乡风雨多
梦中思乡多如山海般狂涌

何时不知何时，我发现
夜空不再澄明清澈
夜风不爽，夜色不朗
星如街道尽头的路灯渺茫
而你离我，一时很近
一时又离得那么远

爱晚亭压住了岳麓山
那一山的寂静
却没能镇住湘水的喧嚣
黑夜锁不住长沙的喧嚣
还有湘江岸畔的独步声

# 一只鸟

世界再精彩
他人再美好
都与你无甚关系
你就是你，一只鸟
只需梳理羽毛
飞往想去的地方

世界再冷漠
别人再虚伪
也与你无甚关系
你还是你，一只鸟
你只要把翅膀打理好
飞向天空

若把生活看成一种刁难
你终会输
因你不是鸡，被人圈养
你想把生活当一件作品雕刻
你总能赢
因为你有一双翅膀，高飞于树梢

# 相信人间值得

我们只是一堆蘑菇中的蘑菇
一大堆腐烂的日子
蛰伏在阴暗潮湿的角落里
没有阳光，没有肥料，没人过问
自生自灭。风说
长壮了，长高了
你的生活才能风和日丽
世界才对你和颜悦色

万物都铆着劲在生长
人类也不例外，拼着命去长
我们是人生的主角，注定你总要心碎
世界考验你，周围的人不正眼看你
但这场剧必须这么演，否则最后
你得到一切时就不会有苦尽甘来

最黑的那条路，总是要靠自己走完
走着，走着，我们强壮了
所有不可逾越的高山大海
都会一瞬间一马平川
无数世态炎凉。在此际风生水起
弱小，会察觉世界对你充满恶意
当你强大，世界对你展颜欢笑

不刻意追求世界的和颜悦色

愿人性本能皆善，时光不负

如夜来香，夜半开花

# 风干的阳光　洗涤的孤独

舒服的人在一起是养生
和不舒心的人在一起是修性

不是因为孤独来思你
而是因为想你才寂寞
不是我执着地喜欢孤独
而是孤独疯狂地喜欢上了我
我喜欢大风，烈酒，孤独，自由
我妄想追逐风的自由
阳光风干了，并非黑夜
孤独如烈酒，越饮越醉
世界已经侵入了我们的孤独

孤独依然美丽
身心在孤独中放松
黎明般地清新与宁静
一曲轻柔的音乐，沉睡于整个世界

人生一路那么长
有谁会陪你颠沛流离，沿途流浪
最后的最后，我们终将学会一个人成长
适应黑夜，孤独冲撞，至此方老

只有孤独的灵魂
才会越晚越清醒
而我，沉醉于孤独

# 穿草鞋不惧石沙

如果不是上苍的宠儿
不是呼风唤雨的帝王
人生难免会遇到
坎坷、悲伤、愧疚、迷茫、无奈
种种不如意
稍不留神
就会囚禁于自己亲手建造的心狱
不要指望别人的救赎
心灵的枷锁是你自己扣上去的
也只有你自己才能够把它打开
要不，就在自己心墙上画一个窗
人生何必太矫情

哪怕一无所有
哪怕孤身一人
哪怕处境艰难
也要从容生活、笑对人生
只要你够坚强
命运又能把你怎么样

既然匍匐在地
又何惧一脚践踏
阿Q又不是我的学长

第十二辑

人生似水，
**有容乃大**

>>>>>>

# 格局与境界

## 其一　格局

你所见的天
就是你的眼
坐井观天
还是一孔窥天
或从望远镜遥望
都会有日月星辰

你的心
也是你的眼
可否也有日月星辰
可否还有江河峻岭

## 其二　境界

顺其自然
是竭尽所能后的不缠绕
不是两手一摊的不作为
既然没人扶着你
自己就站直

不要以为远离江湖
江湖就没有了你的传说

忙碌中不说错话
乱局中不看错人
复杂时不走错路
人生是场苦旅
人生是个熔炉
站直了，别趴下

生命若是哭着来
尝遍人间酸甜苦辣不后悔
笑着走完了全程
像个爷们顶天立地努力过
不给江湖留下点笑话


## 其三　高境界

一只赤裸的公鸡
走在林间唯一的小路上
走出了精神抖擞

人之所以累
能选择的太多，能放下的太少
没到眼不见为净的境界
一味心存天涯，梦必无归处
头若是重的，心必是空的
日子若是满的，生命必是空的

万物以空为灵，以满为缺
月盈少亏多为日常
万物的最高境界标准永远是恰恰好
如白茫茫雪原辽阔无垠
以处世的无名，达幸福的无求


## 其四　弱小与渺小

如山顶的一株小草
瘦弱而艰难地挤出通体的翠绿
挤出米粒般的小花
世界反而小了
月涌家乡的扶夷江
我只是一条快乐的小鱼
却也代表山河的生机

这个水泥森林
一座灯火通明的城市
我只是一片落叶
飘零在城市的角落
渺小如蝼蚁，但不如蝼蚁
不能做主
包括自己的双腿、双手、嘴巴

所谓的对错原则
恰如风中的树梢
墙上之芦苇
从家乡大山到水泥森林
正巧春天走到暮秋

恰如一头拔出希望的青丝
到一头堆满无奈的沧桑
前者弱小但是自然的
后者渺小却是人工的

# 简单便可不惧浮华

人若淡雅
心似莲花，何惧浮华

睥睨尘世，目空一切
纵然看尽繁华，悲欢各占一半
是淡雅，也是生活
风干了记忆，又何必去缅怀
蓦然回首，一切不过是过眼云烟
随梦境淡去，随人情而陌然
不如放下，做随心所欲的自己
抖落一地的风尘，坐于桌前，然后微笑
继续茶行缭绕，浮起满室茶香
让所有的相聚和别离
都在沿途的风景里渲染成画，追忆成诗

独坐一角，沏壶好茶
日下黄昏，孤灯对酒
有几个人能真正地感受到
春来了
我们不停地追赶
想要见到那朵旷世奇花
想要去往所谓的世外桃源
殊不知春就在那

你的阳台上绽放呢

目光纯净，才能看见美丽的风景
心灵干净，才能拥有纯粹的感情
干净，是最好的底牌
一个真正干净的人
必定见过人世的复杂与阴暗
也经历过世俗的纷扰和烂漫
真正的成熟是经历过太多事情后
依然能够将内心与这个世界进行剥离
享受人生而不沉湎，历经苍凉而不消极

人生如同一场旅程
有山重水复的困顿
亦有柳暗花明的惊奇
经历才可以想得到，搞得懂

生活当如水之柔软，茶之香醇
没有大鱼大肉，没有争名夺利
没有过分的情，没有载不动的愁
没有口舌是非，更没有解不开的结
只有简单、干净、淡雅
忙这忙那，不是深刻
我们一直粗糙地活着，
而人的一生，便也这样过去了

人生苦短，何惧旁人言我们浮华
生活本来单纯，活在当下
前生与来世均不可期
当下我们所拥有的唯有此生

从今天起
我们要做一个简单的人
不囿于世俗人言
自在做自己
我不求深刻，只求简单、干净、淡雅

# 不亢不卑是本性

中医说
阴盛则阳病
阳盛则阴病
阴阳平衡则为平人

人生就像一场悖论
位卑的要有骨气
位尊的要懂谦卑
博学的大多沉默
无知的在夸夸其谈
富贵怕露财，贫贱爱装富
稗子秕谷昂首挺胸
饱满的麦粒却头颅低垂

与人相处
学刺猬取暖，不即不离
中立而不孤立
人生的姿态
要不亢不卑
刚柔相济，张弛有度
无论低头、抬头只是方向
不亢不卑才是本色

低头看路是一种清醒
抬头做事是一种勇气
低头做人是一种底气
抬头微笑是一种心态
低头看花是一种智慧

# "让"是简洁的行善

佛说，善言是功德
"让"是最简洁的行善
得理时，让一让，给人留条路
无理时，让一让，给己留退路
愤怒时，让一让，把心情恢复

在朋友面前，让一让
友情会更稳固
在家人面前，让一让
家庭会更和睦
在同事面前，让一让
工作会更轻松

让，不是一味屈服
而是一种大度
让，可能一时委屈
却能减少冲突
让，也许不能给你带来好运
但是一定可以帮你化解矛盾

# 雪淡如禅

"雪"是上苍的作物
是慈悲的结晶
白茫茫一地，那是来年的丰瑞

今年，南方
雪以辽阔的晶莹
从容漫过一切苦心经营
山矮了，天际近了
就连入云的大楼也矮下去
我独踏山雪
放眼望江
山水一色，静谧庄严

这种景色淡淡的，却自然
这种感觉淡淡的，却充实
这种心境淡淡的，却温馨
雪淡，圣洁
雪淡，素雅

雪，是开在虚空中的小花
无根无果，纷纷扬扬
宁静安详，虚掩一切颜色
那张厚被之下，起起伏伏埋下

谁的精神，谁的伎俩

雪色淡，却是镜头贪恋的色彩
纯净温婉，不事张扬
一望也无垠，还清心寡欲
从容不迫，心淡如雪
抛弃了纷乱复杂的红尘万丈

此情此景，心绪归宁
且休了凡火
冷，且静
独听
树林间纷落
枝丫脆响
一团雪抖了抖身子
幻成彩雉
不急不忙地踱了开去

# 欠一点点儿更好

花开半朵
酒喝微醺
做人做事
与人交往
欠一点为佳

虾蟹遍体通红
这是虾蟹遭逢的不幸
人大红到大紫
倘若还不和宁守德
幸之极至，便可能祸之不远

翻一翻历史书读几桩往事
大富大贵，热热闹闹
权倾时掌人生死
亲族朋党太嚣张
结尾又有哪几个得了善终

人即将巅峰之际
事即将浪高之间
情即将尽欢那一刻
让心停一停
让步子慢一些

人生到底薄如冰
谁也没可能完美　人和事
美则警矣
丑得静矣
满则退矣
亏得笑矣
倘若觉得还欠了那么一点点儿
不妨
先给自己道个"恭喜"

# 大海的境界

一碗水淹不死人
一滴墨玷污不了大海
一个阻碍
可能是铺地盖地的灾难
也可能是不足挂齿的游戏

把心变成大海
不争，不执，不求
不争，顺自然，不慌不忙
不执，莫逞强，可圆可方
不求，随缘心，不亢不卑

知我者，交之
轻我者，笑之
醉时，可饮酒
清处，一杯茶

世间之大
容得下亿万思想
藏得住往来古今
不一叶障目
勿惊扰了时光
心怀大海

# 人生坦然且从容

水一滴不会孤独，入海不会浮躁
喷泉美丽，坦然接受压力
瀑布壮丽，坦然奔赴悬崖
没有感慨，没有繁杂
若有无奈与悲忧
也只是文人的纠结与思悟

人生或如涓涓小溪，或如汹涛大江
不能一潭死水
起起落落，不是永远只有辉煌
也充满许多低谷和坎坷
辉煌时难免自我膨胀，不可一世
低谷时容易自怨自艾，堕落消极
若能学水一般淡定
无论海水还是泉水
不论是否内涵丰富
在平淡还是浪尖
都不丢失自己

高低不怨，宠辱不惊
简单地走来，简单地离去
无味人生，从容地走

# 水深不喧　人稳不言

生活不是战场
无须一较高下
人与人之间
多一分理解少一些误会
心与心之间
多一分包容少一些纷争

不要以自己的眼光和认知
去评论一个人
判断一件事的对错

不要苛求别人的观点与你相同
不要期望别人能完全理解你
每个人都有自己的性格和观点

看得过重才患得患失
觉得别人必须理解自己
人要看轻自己，少一些自我
多一些换位，才能心生快乐
退一步海阔天宽

所谓心有多大，快乐就有多少
包容越多，得到越多

即谓有容乃大

不要背后说人
不要在意被说
一无是处的人没得可说
越是出色的人越会被人说

世间没有不被评论的事
也没有不被评说的人
墓地杂草也会传递风的谣言

别人的嘴我们无法去控制
抱一颗淡然的心去看一切纷扰
不必理会窗外的寒风在呼啸
心静才能听到万物的声音
心清才能看到万物的本质
大智若愚，笨拙才是智慧的最好外衣

沉淀自己的心，静观事态变迁
与人相处，需要讲究方式方法
有些事，需忍，勿怒
有些人，需让，勿究
嘴上吃些亏又何妨
让他三分又如何
人人都需要被尊重
人人都渴望被理解

水深不语，人稳不言
耐下性子，忍住怒气面对不满
事事不能太精，太精无路

待人不能太苛，太苛无友
懂得退让，方显大气
知道包容，方显大度

己之短，不可藏，越藏越短
己之长，不可扬，越扬越少
得意时莫炫，失意时莫馁
花无百日红，人无百日衰
三分靠运，七分靠己
努力过就好，尽心就行
结果不是最终的目的
过程的体会
才是最真的感悟

# 为什么放弃解释

人类叫人累
只要活着
事摆着，人还在
我们却耐不住去述说，解释，争辩
聪明的人经常放弃解释
解释就是掩饰
敌人不信你的解释
朋友无须解释

长得那么美那么帅气
自己却不知道
不解释、不述说
这就是气质
那么有钱那么有才华
自己不去炫耀、述说
别人却不知道
这就是修养

不同傻子争辩，否则也是傻子
不要苛求观点相同
不要期望别人能完全理解你
宽容并认同
每个人都有自己的性格和观点

# 不辩的境界

无言是一种境界
要说，多说自己
笑着说出自己难过的事
幽默道出自己的窘境
多言他人好
莫与人争辩
特别是，不与恶人争辩

太多的争辩
我们失去了内心的平静
争不过，只会徒增烦恼
争赢了又将如何

不要与疯子吵
那样就不知道谁是疯子了
不要与"权威"争
权威不是用来挑战的
否则，会伤害万方

热衷于争论是非长短
是因为二元论在作祟
这些知见来自"我执"
以自我为中心，以自我为标准

事实与真理，不是争辩而得
而是有严格条件的
否则，鸭说鸡语，猫学狗吠
一地鸡毛

在岸上看，海面一望无际，平展无痕
太空中俯瞰，大海是有弧度的
是非以不辩为解脱，学会不争
安住内心的平静，懂得沉默
体悟空性的智慧

所谓止语，并非只是语言的止息
内心的无念、无助
回归更深的觉醒与自由
在沉默与独处中，才能真正懂得修为

不争不辩，无语无言是非对错
过眼云烟
但有言说，都无实义
止语是一种修行
无言是一种境界
不辩才是最有力的"说"

# 大事者必大气也

古人曰：泰山崩于前而不变色者
必是那些制衡利害
心底有静气的智慧之人

能让内心保持宁静的人
是最有力量的人
神静而心和，心和而形全
神躁则心荡，心荡则形伤
心浮气躁时，方寸已乱
举止失常，进退无据
会失去正确的判断力

反之，心静神定，泰然自若
便听不到外界的喧嚣和嘈杂
为人处世就不会失于轻率
每临大事有静气
方为大家风范

# 吃亏时也有歌声

夏夜，天雨，风凉
除了脸面、耳朵
一切裹严实
以为蚊虫奈何不了我
最终还是被咬得遍体鳞伤
蚊子叮咬时
居然还唱着歌
唤醒了我的痛痒
我习惯地摸出清凉油
涂抹

生活中，我经常听到
给我高帽者，得了好处卖乖者
受了伤，我的心还更疼
我习惯地问智者
智者说：吃亏是福
亏吃多了，会有厚报
于是，我的心宁之后祈祷
蚊子吸血，能多活三天
占人便宜者
我期望，他内心多平静三天

乐于吃亏是一种境界

也是一种修养
但不可糊涂至死
否则一辈子再难翻身
但
有损名声的亏不能吃
替人背锅的亏不能吃
被人利用的亏不能吃

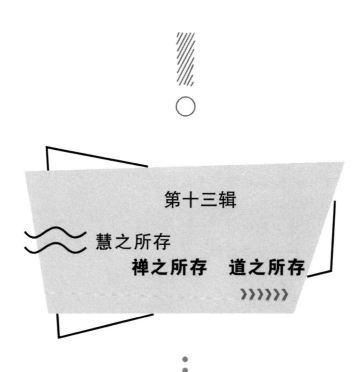

第十三辑

慧之所存

禅之所存　道之所存

>>>>>>

# 吃葡萄理论

小时候，我们吃东西，譬如葡萄
有人先拣最好的吃
还有人把好的留在最后吃
前者应是乐观者
他吃的每一颗都是剩余中最好的
后者应是悲观者
他吃的每一颗都是余下中最差的
生活中恰恰相反
第一种人喜欢回忆
第二种对未知充满希望

人生亦是如此
好坏，无论先吃后吃
终归苦乐参半，有喜有悲
有人活在希望中
有人活在回忆中

人生既公平又不公平
未必能人人都手持一串葡萄
但人人都有一段或长或短的日子
一小时有同样六十分钟
一年有同样三百六十五日
我们不知道哪天晴哪天雨

何时有坎坷，何时是坦途
我们都得一一咀嚼
我们没有野草自由
只能从生活中看到新的可能性

# 当下在这 心就在这

距离很美，要不
小时候，就有"很多年以后"
大了以后，还有"long long ago"

红尘不是庐山，横成岭，侧成峰
我们永远沉浮在红尘中
再美丽的蝴蝶飞不过海洋

山地那边很美，如远方，人人都向往
山地这边也很美，如过去，遥远的过去人人都缅怀
恰好你站在峰巅，如当下，美得不需要虚张声势

趁阳光正好，不要东张西望让心漂泊
思念不如相见，心动不如走动
好好走好这一程山，这一程水

人生只是借了上天的一程
没有下一次，没有重来，没有暂停继续
岁月迟早会下手的，不论对谁

流星在岁月里，走出梦幻
人在江湖上，走出精彩

# 求和与无解

数学上有一个美丽的词，是求和
数学上有一个绝望的词，叫无解

宇宙拥有一切，无穷无尽，不可胜数
太空一词便是求和
一个人富贵如何，难以名状
知足便是富有，人求便为贵人
懂得知足便是求和，否则就是无解

人与人之间自有天平
追求对等，讲究圈子，有阶层之分
伤害自己的，不是对方的绝情
而是自己心存幻想的坚持
求和不成，便是无解

假如爱，爱是最不讲究对等的
如父母对子女的爱最无私
而恋爱却不是
一方的空耗最终无果成悲剧

得不到的爱是一阵风，强留千百次也终究会走
既然一方不期待，另一方翻山越岭又有什么意义
这些都是无解

# 中量

开一服爱情灵药
真心一片，温柔二钱
尊重三分，体贴四味
谅解五两，恰好中量
以健康为药引，以似水柔情送服之，君臣佐使
各负其责，中规中矩，共凑白头偕老之功

若剂量不限，不足与逾量
如小善，量不足却不为
如恶小，逾量却为之
皆有毒，有害

关于爱，最吊诡之处，心动时，却迟迟不遇
蓦然降临却找不回当初的心动
量的不足与过度皆为时机不宜

不怨恨，不躁进，不过度，不强求
随不是随便，是一种不偏不倚的人生力量
把握机缘，不悲观，不刻板，不慌乱
一种宜适的中剂量，万物契合而默认
知道最重要的是什么，知道不重要的东西是什么
不断调整自己内心容量与存量
而后，成为一个简单快乐的人

# 一场风

春风把万物染得万紫千红
风说，我不是染料，只是参与
熏风柔和，轻拂世界的每个角落
风说，我不是巧手，只是温柔
溯风寒了过往，树叶飘零
风说，我没能煮雪，只是经过

人生也是一场风
何必戚戚挂心头
何必名利堵心头
曾经梦见仗剑走天涯
迎风朝天笑
醒了还得柴米油盐酱醋茶

转眼已是中年人
不要自我感动了
我，也是一场风

# 幸福是什么

小时候，幸福是一件东西
得到了，就幸福
大了，幸福是一个目标
达到了，就幸福
成熟了，幸福只是一种心态
领悟了，就幸福

世界原本就不属于我们
我们只是世间万物之一
无须焦虑，也不要自弃
转换一个思路
万物皆为我所用，但非我所属

总是羡慕与仰望他人的幸福
或许，也被别人羡慕与仰望
每个人正幸福着
只是你的幸福在他人的眼中
正如，有人为缺少一双鞋而哭泣
还有人正因为无腿而痛苦
遑论，世间还有许多绝症患者

你有你的幸福观，我有我的幸福观
尺不笑寸的短，寸不笑尺的笨拙

# 最近的风景才最美

常寄希望于远方与未来
仿佛最美好的风景只在彼岸
而此岸只是一种过渡
因此常忽略掉沿途的风景

其实，生命中绝大部分的风景都在半途
活着是为了经历
也许它是平凡的、琐碎的、漫长的

生活，可能就是一件件始料未及
或大或小的事构成的
或如你愿，或不尽如人意

生命一路而来，也一路而去
无论，多少寻觅，多少负累
看开了风景依然很美

你若想得太多
便会莫名其妙地不开心
放下，情怀依然纯粹

每个人的生命轨迹
存在于他所听、所见、所读、所游之中

# 成功和坚持

上苍把不可胜数的
称为梦想的金蛋撒向人间
砸在你我的头上
一大波人把金蛋孵出金凤凰
牛顿的三个定律
爱因斯坦的相对论
贝多芬的命运曲
陈景润的哥德巴赫猜想……

但很多人的成功可能在明天
却倒在黎明前的黑夜

我也抱了一个金蛋
不知这枚金蛋是化石，是鹅卵石
还是生命未唤醒的白蛋

选择一枚金蛋
就是选定了命运，万事俱备
但孵化之路仍然充满艰辛
大器晚成
既是一种努力，也是一种幸运

# 若能被懂得该有多好

二人说话，面对面
不是二人在交流
一个是你眼中的他，一个是他眼中的你
一个是你眼中的你，一个是他眼中的他
一个是真实的你，一个是真实的他
不知道哪个你与哪个他在交谈

人这辈子
有人羡慕你，有人讨厌你
有人嫉妒你，有人看不起你
没关系，他们都是外人

你所做的一切不能让每个人都满意
不要为了讨好别人而丢失自己的本性
别人嘴巴里的你，不是真实的你
一样的眼睛，不一样的看法
一样的心，不一样的想法

迷宫里，聪明老鼠能跑出
社会这张网，迷茫无数人
若是真懂了
不是神仙就是愚至极

# 学会简单

追不上的美妙，放弃
背不动的沉重，放下
不忍卒视的景观，无视
一切随缘，如夜来香
只是为了取悦自己

人生想要的太多，能力太少
不喜欢的太多，能改变的太少
简单淡然地看待世界
平淡无奇的日子才会开出花朵
用悲观的目光看一切
好运都会躲着你走

人生有三把钥匙
接受、改变、离开
学会了这三点，就会快乐很多

世界很大，对于很多事情
我们无能为力
当坏事降临到你身上时
不要自怨自艾，埋怨生活不公
用心坦然去感受
经历才是人生的台阶

适时放手，是最高级的优雅
手握得太紧，东西会碎，手会疼
有些事，想多了头疼，想通了心疼
有些人，宁可放手，不要做无谓的挽留

我们总有一些无可奈何、无能为力
但都别忘了守住自己心里的阳光
路不通了，就选择绕行
心委屈了，就选择离去
当你学会潇洒地转身之后
不远的前方就有一片更美的风景

人生这套题
说难也难，说简单也简单
不能接受，那就改变
不能改变，那就离开
人生就这么短短几十年
真的没必要让自己活得太累

人，难道还不如夜来香
许多人，总是把自己快乐的钥匙交给别人
所做的一切，都是做给别人看
别人赞赏了，自己才快乐
为自己而活，才是有意义的自己

取悦自己，绝不是自私
不是为了抵抗他人，抵抗世俗
而是让自己变得美好的同时
让身边的人，身边的事，快乐美好
如是，人生才简单

# 禅者的开悟

夕阳下，禅者静静地坐着
如一只显现原木的舟船
静静地漂在水面上
树，房屋，包括云彩
映在如水般光滑平整的光阴中
影像没有半点扭曲

此时，禅者孤独
心很静，正细细地品味生活
品尝人间的真滋味
仿佛手握万物，淡定从容
如水，不忘初心，又不自以为是
随时随地适应，一心向前
一种内心有所坚持的顺应
一种无须声张的厚实
一种并不陡峭的高度
一种相互理解的圆润

他如那只不系之舟
纵然没绳索和帆桅
也无智慧
看着春风不喜，看着秋风不悲
看着夏蝉不烦，看着冬雪不叹

## 后记

# 世界很小　世界很大

世界很大，却没有一条路。世界很小，盛不了我的痛苦与辛酸。

春节是同学聚会最妙的时节。不久前回老家，同学们倡议建立一个微信群，并把毕业照发在群里，我在照片中找了半个小时，才发现自己"失踪"了。还是一位热心同学从人群中把我"扒出"，并放大，我终于发现自己还真是个"熊孩子"。

岁月是一口大锅，我们都被炖在这锅里，转眼就到了中年……蓦然回首，我无限感慨——感慨自己没怎么明白，人生一大半就被无情地抹去了！还未学会成长，却熟成一个"老倌子"。

人生，能有多少个十年？多少个二十年？多少个三十年？蓦然，已过的半生，看似波澜不惊，实质上沧桑巨变。在《数落时光》诗集出版之际，我追溯了一下流逝的岁月，记下若干感悟与思考，反思反省，以便说明这些诗文的风格与内容。

变化一：中年前人称小谭，现在人称老谭，但不敢奢望，再过多少年，还可被称为谭老。当然活过 100 岁，我还能从医诊疗的话，说不定做个国医大师，称为谭老也未尝不可。现在整天看起来很充实，忙起来觉得什么都不缺，空下来才知道什么都没有，估计人生也就如此吧！

变化二：少时，自信的我有一百种理想，当时社会整体贫穷，我们这些青少年却心怀壮志，甚至想解放全人类的穷人；现在，自负的我被一种不能称为理想的理想搞得头破血流，尽管衣食无忧，却仍然希望能涨点工资，让荷包更鼓一点。很多人养宠物，我也一直养着一只宠物：一匹"俊马"。我一直想以梦为马，却未曾驾驭驰骋，只是养在嘴上，养在睡梦中，不时用来陶醉。这确实刷亮了自己和梦境，刷亮了自己的言辞，却一直未刷亮自己的人生之旅。岁月依然不愠不火，如一杯白开水，少了梦想这点颜色，人生就很寡淡。人的一生，至少要拥有一个梦想，但我们却有无数理由不去坚持，自此理想完全等同于幻想；心依然没有栖息的地方，依然四处流浪。

变化三：年少时，率直的我会毫不隐讳地指出某些人不一定是缺点的缺点；中年后，我会赞不绝口地夸奖某些人并非优点的优点。生活的艰难，远超出年少时的意料。

变化四：年少时，我会因为丢了钢笔而难过数天；中年后，我会因为找不到自我而把心磨炼得坚如磐石。这些年，我慢慢习惯与命运和解，有了独自拥抱夜色的镇定，翻几页书，写几行字，陪阳台的花草闲聊几句。

变化五：年少时，我胆大做事不害臊，周围的人会偶尔看我的脸色行事；中年后，我做什么都有些唯唯诺诺，得经常看周围人的脸色小心行事。

变化六：年少时，我总觉得自己有点才华有点抱负；中年后，我突然发现自己学的都是屠龙之术，一无是用。

变化七：年少时，我的朋友很多，朋友间最真诚的祝福是学习进步、身体健康，且祝福都很灵验；中年后，我的朋友也很多，但真诚的祝福却成了官运亨通，步步高升，然祝福都未显灵。

变化八：年少时，我总因为不懂一些事情而苦恼；中年后，我又因为我看懂了一些事情而苦不堪言。结果是，别人的错误，我痛苦，却又无能为力，放不下。如同痛苦是艺术的源泉，但痛苦是自己的，艺术却是他人的。演秋菊的是巩俐，后者没有秋菊的切肤之痛，她也不是穷人。唱黄土高坡的李娜，她本来就不是陕北人。

变化九：年少时，我的脸上喜怒哀乐嬉笑怒骂尽展；中年后，早学会了撒谎和掩饰，甚至面无表情；内心深处，我像个孤独的行者，一个局外人，游离在世间，看过生老病死，戒掉爱恨情仇，好在，那颗心还坦荡。

变化十：年少时，我时常炫耀自己能读诗，看一些哲学，亦有"不以物喜不以己悲"的定力；中年后，我改变不了自己"风动我动叶落我悲"的多愁善感，常去看看寺庙，读读国学。

变化十一：年少时，我能让伤心和不悦像爆米花那样瞬间爆发；中年后，我把伤心和不悦当爆米花那样吃进肚里，并习以为常。仿佛自己有再大的委屈，只要一望天空，就能让广袤的天空容纳。

变化十二：年少时，我不耐烦父母的唠叨；中年后，经常在儿子面前郑重叮嘱，常让他抓狂。

基于上述，中年人写诗已不是黄金时期，心淡了情淡了。写花前月下，谈情说爱的诗，太矫情，有股酸味；说人性感悟却疲态十足，说哲理诗却老气横秋，八股之味弥漫。

看到山川河流麦田，数不清的白云，觉得人生填满了色彩，可是世界上没有任何风景，能比得上诗词带给我无限温暖的心情。我们的生活可能好，可能糟，但最棒的是我们总还有选择。我毫不犹豫地选择了诗。

我斗胆地怀揣自陋，寻觅着那片天空；能屈能伸，敢于压迫自己，勇于突破自己。人生需要汗水，笨鸟先飞的汗水；人生需要勇气，破釜沉舟的勇气；人生需要激情，舍我其谁的激情。自 2015 年起，我在工作闲暇，陆陆续续，写了二百余首小诗，严格上来讲，这些小文只有诗的格式，实为形散神也散的小文。